Histórias de detetive

Este livro apresenta os mesmos textos literários das edições anteriores.

Histórias de detetive

Conan Doyle • Medeiros e Albuquerque
Edgar Allan Poe • Jerônimo Monteiro
Marcos Rey • Edgar Wallace

Organização
José Paulo Paes

Ilustrações
Samuel Casal

VOLUME 12

PARA GOSTAR DE LER

Gerente editorial Fabricio Waltrick
Editora Lígia Azevedo
Editora assistente Fabiane Zorn
Coordenadora de revisão Ivany Picasso Batista
Revisoras Cátia de Almeida e Cláudia Cantarin

ARTE
Projeto gráfico Mariana Newlands
Ilustração da capa Samuel Casal
Coordenadora de arte Soraia Scarpa
Assistente de arte Thatiana Kalaes
Estagiária Izabela Zucarelli de Freitas
Diagramação Júlia Yoshino
Tratamento de imagens Cesar Wolf e Fernanda Crevin
Pesquisa iconográfica Sílvio Kligin (coord.) e Angelita Cardoso

CIP-BRASIL. CATALOGAÇÃO NA FONTE
SINDICATO NACIONAL DOS EDITORES DE LIVROS, RJ

H58
10. ed.

Histórias de detetive / Conan Doyle... [et al.] ; [organização José Paulo Paes ; ilustração Samuel Casal]. - 10. ed. - São Paulo : Ática, 2013.
144p. : il. - (Para Gostar de Ler)

ISBN 978-85-08-16425-7

1. Antologias (Conto). I. Doyle, Arthur Conan, Sir, 1859-1930. II. Série.

13-1718. CDD: 808.83
CDU: 82-3(082)

ISBN 978 85 08 16425-7 (aluno)
ISBN 978 85 08 16426-4 (professor)
Código da obra CL 738539
CAE: 275156

2022
10ª edição
10ª impressão
Impressão e acabamento: BMF Gráfica e Editora

Avenida das Nações Unidas, 7221 – CEP 05425-902 – São Paulo, SP
Atendimento ao cliente: 4003-3061 – atendimento@atica.com.br
www.atica.com.br

Sumário

No centro do mistério e da ação

O gosto da descoberta e da perseguição está entre os instintos fundamentais do ser humano. Basta prestar atenção numa criança pequena brincando com uma caixa tampada. Ela fará todos os esforços para tirar a tampa e descobrir o que possa estar escondido dentro da caixa. Já as crianças mais crescidas preferem brincar de esconde-esconde ou de pega-pega, dois jogos que dramatizam o duplo gosto da descoberta e da perseguição.

As histórias de detetive e contos policiais também são, de certa forma, uma dramatização para adultos desse mesmo instinto. Daí os dois tipos básicos em que elas costumam se apresentar.

O primeiro tipo é o conto de mistério. Nele, o detetive procura no local do crime pistas deixadas por um criminoso desconhecido. Graças ao seu poder de observação e à sua inteligência dedutiva ele consegue tirar conclusões dos fatos observados. Depois de examiná-los e relacioná-los entre si, descobre finalmente quem cometeu o crime. Nesse tipo de conto, há sempre um mistério a decifrar. A identidade do culpado e, com frequência, a razão do crime e a maneira como foi cometido são ignoradas pelo leitor até o fim da história, quando então tudo se esclarece.

O segundo tipo é o conto de ação. Nele, o leitor conhece, quase sempre desde o começo, a identidade do criminoso e os motivos que o levaram ao crime. O interesse da narrativa passa então a se concentrar nos recursos de esperteza ou de violência de que este se vale para fugir à perseguição do detetive, que só consegue capturá-lo no final.

Muitas vezes, a decifração do mistério e as dificuldades de captura se combinam dentro de um mesmo conto para torná-lo ainda mais interessante de ler. O importante, porém, é que, tanto no conto de mistério como no de ação, trava-se uma luta entre o Bem e o Mal. Defensor da lei e da justiça, o detetive toma o partido do Bem, enquanto, por motivos de ambição ou de vingança, o criminoso viola a proibição de roubar e/ou de matar, tornando-se assim um representante do Mal. Sua captura, ou morte, no final da história, faz com que a ordem da lei, por ele perturbada, volte a se normalizar. Com isso, fica satisfeito um outro instinto fundamental dos homens: o desejo de ordem e de segurança para poderem viver em paz.

Pela habilidade com que soube dramatizar estas tendências instintivas de todos nós, a literatura policial se popularizou rapidamente no mundo inteiro. Primeiro através do livro, depois através do cinema e da televisão, conquistou ela muitos milhões de aficionados. Os grandes autores do gênero, como Conan Doyle, Edgar Wallace, Agatha Christie, Georges Simenon — para citar apenas alguns dos principais —, estão hoje traduzidos nas línguas mais importantes do Ocidente e do Oriente, onde têm uma multidão incontável de leitores.

Embora alguns estudiosos da literatura policial pretendam descobrir seus primeiros traços no Velho Testamento e no antigo teatro grego, aquela que se pode considerar a primeira história policial de mistério só veio a ser publicada em 1841. Apareceu nas páginas de uma revista da Filadélfia, Estados Unidos. Chamava-se "Os assassinos da rua Morgue" e seu autor era o poeta Edgar Allan Poe, que escreveu também contos de terror. Mas o primeiro grande autor de literatura policial foi Conan Doyle, criador do personagem Sherlock Holmes. Com o seu cachimbo de louça, o seu boné de duas abas e a sua espantosa capacidade de desvendar crimes misteriosos, Sherlock se converteu no mais famoso detetive de todos os tempos. Edgar Wallace, que escreveu mais de duzentos livros policiais, confirmou a primazia da Grã-Bretanha nesse gênero da literatura de entretenimento; Wallace escreveu ainda histórias de espionagem, que podem ser incluídas entre os contos de ação e de mistério. Até no Brasil não faltou quem se dedicasse à literatura policial, desde o pioneiro Medeiros e Albuquerque até Jerônimo Monteiro e Marcos Rey mais recentemente.

Todos esses autores comparecem neste volume para mostrar a vocês que ler contos de ação e de mistério pode ser a maior das curtições.

Boa leitura a todos!

JOSÉ PAULO PAES

Poeta, tradutor e editor, José Paulo Paes foi um dos mais importantes intelectuais brasileiros. Nasceu em 1926, em Taquaratinga (SP), e faleceu em 1998, em São Paulo.

Conan Doyle

Sherlock Holmes à beira da morte*

Conan Doyle

A sra. Hudson, proprietária do apartamento de Sherlock Holmes, era uma sofredora. Não só porque o apartamento do primeiro andar era invadido por levas de indivíduos estranhos e quase sempre indesejáveis, a qualquer hora do dia ou da noite, mas também porque a excentricidade e a vida irregular daquele inquilino tão diferente punham à prova a sua paciência. O incrível desleixo de Holmes, seu hábito de tocar música nas horas mais absurdas, o fato de que às vezes treinava tiro dentro de casa, suas experiências científicas esquisitas, algumas malcheirosas, a atmosfera de violência e perigo à sua volta faziam dele o pior inquilino de Londres. Por outro lado, era extremamente generoso quanto ao aluguel. Não tenho a menor dúvida de que o dinheiro que ele pagava pelos seus aposentos, durante os anos em que morei lá, teria sido suficiente para comprar a casa toda.

* Publicado originalmente em inglês com o título "The adventure of the dying detective". (N.E.)

A proprietária tinha profundo respeito por Holmes, e nunca ousava interferir em nada, por mais inusitado que achasse o seu comportamento. E, mais do que isso, a sra. Hudson gostava do seu inquilino, pois era extremamente gentil e cortês no trato com as mulheres. Ele não apreciava nem confiava no gênero feminino, mas era sempre um adversário cavalheiresco. Um dia, na época em que eu tinha dois anos de casado, a sra. Hudson veio até minha casa. Sabendo da autêntica estima que ela sentia por Holmes, ouvi com toda atenção a história que me contou sobre a terrível situação a que estava reduzido o meu pobre amigo.

— O sr. Holmes está morrendo, dr. Watson — disse ela. — Faz três dias que ele está muito mal, e duvido que passe de hoje. O pior é que ele não me deixa chamar um médico. Hoje cedo, quando vi o rosto dele só pele e osso, me olhando com os olhos esbugalhados, não deu mais para aguentar. "Com ou sem a sua permissão, sr. Holmes, eu vou chamar um médico agora mesmo", falei. "Então chame o Watson", disse ele. Doutor, se eu fosse o senhor, não demoraria nem uma hora para ir até lá, senão pode não o encontrar com vida.

Fiquei horrorizado, pois não sabia de nada sobre a doença de Holmes. Nem preciso dizer que peguei imediatamente o casaco e o chapéu para ir vê-lo. No coche, enquanto íamos até sua casa, pedi que ela me desse mais detalhes.

— Não sei de muita coisa, sr. Watson. Ele estava trabalhando num caso em Rotherhithe, num beco perto do rio, e voltou de lá com essa doença. Está de cama desde quarta-feira, sem levantar. Nesses três dias não comeu nem bebeu nada.

— Meu Deus! Mas por que a senhora não chamou um médico?

— Ele não deixa. O senhor sabe como é difícil. Não tive coragem de desobedecer. Mas ele está nas últimas... o senhor mesmo vai ver, assim que puser os olhos nele.

Era mesmo um espetáculo lamentável. Na luz fraca daquele dia de novembro, em meio ao nevoeiro, o quarto de Holmes era um lugar sombrio, mas foi seu rosto esquelético olhando para mim que fez meu coração estremecer. Os olhos estavam brilhantes de febre, as maçãs do rosto, avermelhadas e nos lábios havia umas crostas escuras; as mãos magras sobre a colcha tremiam sem parar, a voz estava rouca e irregular. Holmes estava deitado sem se mover quando entrei no quarto, mas percebi pelo brilho nos seus olhos que tinha me reconhecido.

— Bem, Watson, parece que estamos passando uns maus bocados — disse ele com a voz fraca, mas com um pouco do seu jeito displicente de sempre.

— Meu amigo! — exclamei, chegando mais perto.

— Afaste-se! Fique longe de mim! — disse ele, com aquele tom imperioso que eu sempre reconhecia em momentos de crise. — Se você chegar mais perto, Watson, vou ter que mandar você embora.

— Mas por quê?

— Porque é assim que eu quero. Isso não basta?

Sim, a sra. Hudson estava certa. Holmes estava mais prepotente do que nunca. Mas seu estado era de dar pena.

— Eu só queria ajudar — expliquei.

— Exatamente. E a melhor forma de ajudar é fazer o que estou lhe dizendo.

— Está bem, Holmes.

Ele perdeu um pouco o jeito severo.

— Você não está zangado? — perguntou, respirando com dificuldade.

Coitado, como é que eu podia ficar zangado, vendo o meu amigo naquele estado, bem na minha frente?

— É para o seu próprio bem, Watson — disse ele, baixinho.

— Para o *meu* bem?

— Eu sei qual é o meu problema. É uma doença que ataca os trabalhadores braçais em Sumatra[1] — algo que os holandeses conhecem melhor do que nós, embora até hoje não tenham lhe dado muita importância. Só uma coisa é certa: a morte é inevitável, e a doença é terrivelmente contagiosa.

Holmes disse isso com uma energia febril, fazendo gestos para eu me afastar, com as mãos ossudas tremendo, em movimentos bruscos.

— É transmitida por contato físico, Watson, apenas pelo toque. É só não chegar perto de mim e está tudo bem.

— Deus do céu, Holmes! Você acha que eu ia me importar com isso, por um segundo sequer? Nem que fosse com um estranho. Você acha que isso ia me impedir de fazer minha obrigação, ainda mais com um amigo de tantos anos?

Mais uma vez fui em direção a ele, mas Holmes me fez parar, lançando-me um olhar de fúria.

— Se você ficar quieto aí, nós podemos conversar. Caso contrário, saia imediatamente.

Meu respeito pelas extraordinárias qualidades de Holmes é tão grande que sempre atendi a tudo o que ele disse, mesmo quando não entendia o porquê. Mas, naquele momento, todo o meu instinto profissional entrou em ação. Em qualquer outra situação ele podia dar as ordens, mas num quarto de doente eu é que estava no comando.

— Holmes — disse eu —, você não está no seu estado normal. Uma pessoa doente é como uma criança, e é assim que eu vou tratar você. Quer você goste ou não, vou examinar seus sintomas e tratar essa doença.

Ele me olhou cheio de raiva.

1 Ilha pertencente à Indonésia que foi dominada pelos Países Baixos entre os séculos XVIII e XX. (N.E.)

— Já que sou obrigado a receber um médico, eu queira ou não, que seja, pelo menos, alguém em quem confio — disse ele.

— Então quer dizer que você não confia em mim?

— Na sua amizade, certamente que sim. Mas as coisas são o que são, Watson, e afinal você é apenas um clínico geral, com uma experiência muito restrita e qualificações medíocres. Sinto muito ter que dizer isso, mas você não me deixa outra saída.

Fiquei profundamente magoado.

— Essas palavras não são dignas de você, Holmes. Isso só deixa claro o estado de nervos em que está. Entretanto, se você não confia em mim, não posso forçá-lo a aceitar meus préstimos. Deixe que eu chame *sir* Jasper Meek ou Penrose Fisher, ou algum outro dos melhores médicos de Londres. Mas você *tem* que ver um médico, e ponto-final. Se acha que eu vou ficar parado aqui, vendo você morrer, sem fazer nada e sem trazer alguém para ajudá-lo, está redondamente enganado.

— Você tem boas intenções, Watson — disse o doente, numa voz que parecia um gemido rouco. — Será que preciso provar a sua ignorância por A + B? O que você sabe, diga lá, sobre a febre Tapanuli? O que você sabe sobre a peste negra de Formosa?

— Nunca ouvi falar em nenhuma das duas.

— No Oriente existem muitos tipos de doença, Watson, muitas possibilidades patológicas estranhas. — Holmes ia parando depois de cada frase, para juntar as poucas forças que lhe restavam. — Aprendi muito nas minhas últimas pesquisas, quanto ao aspecto médico-criminal. Foi durante essas pesquisas que contraí esta doença. Não há nada que você possa fazer.

— É possível. Mas fiquei sabendo que o dr. Ainstree, a maior autoridade mundial em doenças tropicais, está aqui em Londres. Não adianta protestar, Holmes; vou buscá-lo agora mesmo. — E, decidido, me virei para sair.

Nunca levei um susto tão grande! Num segundo, dando um pulo de tigre, aquele homem que já estava quase morrendo me interceptou. Ouvi o barulho seco da chave na fechadura. Em seguida ele se arrastou de volta para a cama, exausto e ofegante depois daquele tremendo desgaste de energia.

— Você não vai me tomar esta chave à força, Watson. Você está em minhas mãos, meu amigo. Está trancado aqui, e aqui vai ficar até quando eu quiser. Mas vou lhe dar uma chance. — (Tudo isso ele disse arfando, lutando terrivelmente para respirar.) — Você só quer o meu bem. Sei disso perfeitamente. E você vai fazer o que está querendo, mas me dê algum tempo para eu me recuperar. Agora não, Watson, agora não. São quatro horas. Às seis você vai.

— Mas isso é loucura, Holmes.

— Só duas horas, Watson. Prometo que deixo você sair às seis. Aceita esperar?

— Parece que não tenho outra saída.

— Não mesmo, Watson. Obrigado, posso ajeitar minhas roupas sozinho. Por favor, não se aproxime. Bem, Watson, ainda tenho uma exigência a fazer. Você vai buscar ajuda, mas não dessa pessoa que você mencionou. Você vai buscar quem *eu* quiser.

— Perfeitamente, Holmes.

— Watson, essas foram as primeiras palavras sensatas que você disse desde que chegou. Se você quiser, há alguns livros ali. Estou exausto. Como será que uma bateria se sente ao descarregar eletricidade num material isolante? Às seis horas, Watson, voltamos a conversar.

Mas nossa conversa seria reiniciada muito antes das seis, e com um susto quase tão grande quanto naquela hora em que ele voou para a porta. Fiquei alguns minutos olhando o vulto silencioso deitado na cama. Com o rosto quase todo coberto, Holmes parecia estar dormindo. Então, sabendo que não ia conseguir me concentrar numa leitura, comecei a caminhar pela sala, observando as fotos de criminosos célebres penduradas nas paredes. Finalmente, perambulando sem objetivo, fui até a lareira. Espalhados ali em cima do aparador havia alguns cachimbos, pacotes de tabaco, seringas, canivetes, cartuchos de revólver e outras coisinhas. Havia também uma pequena caixa de marfim preta e branca, com uma tampa de correr. Era um objeto muito interessante; estendi a mão para pegá-la e examinar mais de perto, quando...

Foi um grito terrível que ele deu — um berro que dava para se ouvir da rua. Fiquei gelado e senti um arrepio percorrer todo o meu corpo. Ao me virar, vi Holmes com o rosto transtornado, os olhos quase saltando das órbitas. Fiquei paralisado, com a caixinha na mão.

— Largue isso! Já, Watson, neste instante! — Afundou a cabeça no travesseiro e deu um grande suspiro de alívio quando pus a caixa no lugar. — Detesto que mexam nas minhas coisas, Watson. Você sabe disso. Como você me enerva desse jeito! Você, um médico... e capaz de levar qualquer paciente à loucura. Sente-se, homem, e me deixe descansar!

Esse incidente me deu uma impressão muito desagradável. A agitação violenta e sem motivo, seguida pelas palavras ásperas, tão diferentes da sua habitual suavidade, deixou claro que a mente de Holmes estava profundamente confusa. De todos os tipos de degradação, a mais deplorável é a degradação de uma mente superior. Fiquei sentado, quieto e deprimido, esperando passar o tempo estipulado. Parece que Holmes também estava olhando o relógio, pois eram quase seis horas quando ele começou a falar, com a mesma animação febril de antes:

— Watson, você tem dinheiro trocado?

— Sim, tenho.

— Moedas?

— Algumas.

— Quantas de dois xelins?

— Tenho cinco.

— Ah, é pouco! Muito pouco! Que azar, Watson! Mas, mesmo assim, pode pôr todas elas no bolso do colete. E o resto do dinheiro, coloque no bolso esquerdo da calça. Obrigado. Assim você vai ficar muito mais equilibrado.

Era uma loucura total. Holmes tremia e, mais uma vez, emitiu um som que era meio tosse, meio soluço.

— Agora acenda a luz, Watson, mas tome muito cuidado para que a chama não fique acesa mais do que a metade, nem por um instante. Peço encarecidamente, Watson. Tenha cuidado. Obrigado, está ótimo. Não, não precisa fechar a cortina. Agora, você me fará a gentileza de colocar algumas cartas e papéis em cima da mesa, ao meu alcance. Obrigado. Agora algumas coisas que estão lá em cima da lareira. Perfeito, Watson. Ali tem também uma pinça para cubos de açúcar. Pegue a caixinha de marfim com ela, com muito cuidado. Agora coloque a caixa aqui, entre os papéis. Ótimo! Agora você pode ir buscar o sr. Culverton Smith, na Lower Burke Street, número 13.

Para dizer a verdade, minha vontade de ir buscar um médico já tinha diminuído, pois era óbvio que o coitado do Holmes estava delirando, e comecei a achar perigoso deixá-lo sozinho. Mas agora ele é que estava ansioso para consultar-se com essa pessoa, da mesma forma que, antes, tinha recusado obstinadamente a presença de um médico.

— Nunca ouvi falar nele — disse eu.

— É possível, meu bom Watson. Você vai ficar surpreso ao saber que o único homem na face da terra que conhece bem esta doença não é um médico, mas um fazendeiro. O sr. Culverton Smith é um conhecido habitante de Sumatra, que está aqui em visita. Essa doença começou a aparecer nos trabalhadores da sua plantação, que fica longe de qualquer tipo de assistência médica. Por isso ele se pôs a estudá-la, e as consequências foram de maior abrangência. O sr. Smith é uma pessoa muito sistemática, e eu não quis que você fosse procurá-lo antes das seis porque sabia que não ia encontrá-lo em casa. Tenho certeza de que ele pode me ajudar. Basta você persuadi-lo a vir até aqui para compartilhar conosco um pouco dos seus conhecimentos sobre essa doença. Aliás, estudá-la é o seu passatempo favorito.

Estou transcrevendo tudo o que Holmes disse sem interrupções, e não vou indicar as paradas que fazia para tomar fôlego nem o torcer das mãos, que revelava a dor que ele estava sentindo. Seu aspecto tinha piorado naquelas horas, depois da minha chegada. O vermelho do rosto estava mais intenso, os olhos mais brilhantes, as olheiras mais escuras, e um suor frio aparecia em sua testa. Mesmo assim ele mantinha aquela mesma elegância e energia no modo de falar. Até o último suspiro quem dava as cartas era ele.

— Você vai contar ao sr. Smith a situação exata em que me encontro — disse ele. — Transmita a imagem que você guardou: um homem às portas da morte, tomado pelo delírio. De fato, não sei por que o leito do mar não vira uma massa compacta de ostras, de tanto que essas criaturas se reproduzem. Ah, estou divagando! É estranho como a mente controla a mente! O que eu estava dizendo mesmo, Watson?

— As instruções quanto ao sr. Culverton Smith.

— Ah, sim. Já lembrei. Minha vida depende disso. Interceda por mim, Watson. Meu relacionamento com ele não é nada bom. O sobrinho dele, Watson... suspeitei de um assassinato, e deixei que o sr. Smith percebesse. O rapaz morreu de uma maneira horrível. O sr. Smith tem um grande rancor contra mim. Você precisa abrandar o coração dele, Watson. Implore, suplique, traga-o aqui, de qualquer jeito. Ele é o único que pode me salvar... o único!

— Vou trazê-lo, nem que tenha que arrastar esse homem.

— Nada disso. Você vai convencer o sr. Smith a vir até aqui. Mas você tem que chegar *antes* dele. Arranje alguma desculpa para não vir junto. Não esqueça, Watson, você não pode me decepcionar. Você nunca me decepcionou. Todo mundo sabe que existem inimigos naturais que impedem a proliferação daquelas criaturas. Você e eu, Watson, já fizemos a nossa parte. Será então que o mundo vai ser invadido pelas ostras? Não, não, que horror! Fale com ele sobre a minha situação, diga tudo o que você está pensando.

Saí dali com aquela imagem na mente: um homem com uma inteligência tão magnífica balbuciando coisas sem sentido, como uma criança tola. Holmes tinha me dado a chave, que aceitei de bom grado, com receio de que ele se trancasse no quarto. A sra. Hudson estava esperando no corredor, trêmula, chorando. Quando fechei a porta, ouvi às minhas costas a voz aguda de Holmes cantando alguma coisa, outro acesso de delírio. Na rua, enquanto chamava um coche de aluguel, um homem se aproximou, saindo do nevoeiro.

— Como vai o sr. Holmes? — perguntou ele.

Era um velho conhecido, o inspetor Morton, da Scotland Yard, vestido à paisana.

— Está muito doente — respondi.

Ele me olhou de um jeito bem esquisito. Se não fosse maldade demais da minha parte, poderia dizer que, na luz da rua, vi o rosto do inspetor como que exultante com a notícia.

— É, ouvi dizer qualquer coisa do gênero — disse ele.

O coche parou e fui-me embora.

Na Lower Burke Street encontrei uma sequência de belas casas, situadas no limite um tanto indefinido entre Notting Hill e Kensington. A casa onde o coche parou tinha um ar de respeitabilidade um tanto presunçosa, com antiquadas grades de ferro, uma porta maciça e reluzentes detalhes em bronze. Tudo combinava muito bem com o mordomo solene que apareceu, tendo por trás o brilho cor-de-rosa de uma lâmpada elétrica.

— Sim, o sr. Culverton Smith está. Dr. Watson? Muito bem, meu senhor. Vou levar o seu cartão.

Meu humilde nome e o título de "doutor" parece que não impressionaram o sr. Culverton Smith. Pela porta entreaberta ouvi uma voz aguda, penetrante e antipática:

— Quem é esse homem? O que ele quer? Meu Deus, Staples, quantas vezes já disse que não quero ser perturbado quando estou trabalhando?

O mordomo explicou a situação num tom conciliador e gentil.

— Não vou recebê-lo, Staples. Meu trabalho não pode ser interrompido dessa maneira. Não estou em casa; diga isso a ele. Se ele quiser mesmo me ver, que venha amanhã cedo.

Mais uma vez, ouvi a voz suave do mordomo.

— Muito bem, diga isso mesmo. Ele pode vir amanhã de manhã, ou então que não venha nunca mais. Não posso deixar que meu trabalho atrase.

Pensei em Holmes doente, jogado naquela cama, talvez contando os minutos até que eu chegasse trazendo ajuda. Não era hora de fazer cerimônias. A vida dele dependia da minha presença de espírito. E, antes que o mordomo terminasse suas desculpas, eu já havia passado por ele e entrado na sala.

Com um grito estridente de raiva um homem levantou-se da poltrona ao lado da lareira. Vi seu rosto grande, amarelo, grosseiro e oleoso, com uma vasta papada e, debaixo das grossas sobrancelhas ruivas, seus olhos cinzentos, sombrios e ameaçadores. Um boné de veludo se equilibrava de lado na careca cor-de-rosa. O crânio era enorme, mas fiquei espantado ao perceber que se tratava de um homem de constituição pequena e frágil; os ombros e as costas eram tortos, como se tivesse sofrido de raquitismo na infância.

— O que é isso? — gritou ele, com todas as suas forças. — O que significa essa invasão? Não mandei dizer que poderia receber o senhor amanhã de manhã?

— Sinto muito — disse eu —, mas este assunto não pode esperar. O sr. Sherlock Holmes...

A simples menção do nome do meu amigo produziu um efeito extraordinário no homenzinho. A expressão de raiva desapareceu no mesmo instante. Seu rosto ficou tenso e alerta.

— O senhor vem da parte de Holmes? — perguntou ele.

— Acabo de chegar da casa dele.

— E ele, como vai?

— Holmes está muito doente. É por isso que vim procurar o senhor.

O homem me indicou uma cadeira e voltou para a sua poltrona. Enquanto ele se sentava, vi de relance seu rosto refletido no espelho que ficava na parede acima da lareira. Podia jurar que nele havia um sorriso maldoso, perverso. Mas tentei me convencer que tinha sido alguma contração nervosa, já que um segundo depois ele se virou para mim, trazendo no rosto uma expressão de sincera preocupação:

— Lamento muito ouvir isso. Só conheço o sr. Holmes devido a alguns negócios que fizemos, mas respeito muito seus talentos e seu caráter. A especialidade dele é o crime, a minha são as doenças. Para ele o vilão, para mim o micróbio. Aquelas são as minhas prisões — continuou, apontando para uma série de garrafas e vidros enfileirados numa mesinha. — Dentro daquelas culturas de gelatina estão presos alguns dos piores criminosos do mundo.

— Foi por causa desses seus conhecimentos específicos que o sr. Holmes me pediu para vir aqui. Ele o tem em alta conta e disse que o senhor é a única pessoa em Londres que pode ajudá-lo.

O homem teve um sobressalto, e seu boné caiu no chão:

— Ora, mas por quê? Por que motivo o sr. Holmes acredita que eu poderia fazer alguma coisa por ele?

— Porque o senhor conhece bem as doenças orientais.

— Mas por que ele acha que essa doença que ele contraiu vem do Oriente?

— Porque, por necessidades profissionais, ele andou trabalhando entre os marinheiros chineses no porto.

O sr. Culverton Smith sorriu, satisfeito, e pegou o boné:

— Ah, então é por isso? Bem, acho que o problema não é tão sério como o senhor está pensando. Há quanto tempo ele está doente?

— Há uns três dias.

— Ele está tendo delírios?

— Sim, às vezes.

— Hã, hã! Então parece que é sério. Bem, seria desumano não atender ao chamado de um homem doente. Detesto interromper meu trabalho, dr. Watson, mas este caso é uma exceção. Vou com o senhor agora mesmo.

Lembrei-me da exigência de Holmes e disse:

— Tenho outro compromisso.

— Muito bem, irei sozinho. Tenho anotado o endereço do sr. Holmes. Fique tranquilo. Estarei lá daqui a meia hora, no máximo.

Foi com o coração nas mãos que entrei mais uma vez no quarto de Holmes. Achava que, na minha ausência, o pior poderia ter acontecido. Foi com enorme alívio que vi que Holmes tinha melhorado muito nesse período. Seu aspecto continuava horrível, mas não havia nenhum sinal de delírio; a voz estava fraca, é verdade, mas transpareciam ainda mais a vivacidade e a lucidez de sempre.

— E então, Watson, falou com ele?

— Falei. Ele já vem vindo.

— Excelente, Watson! Excelente! Você é o melhor mensageiro do mundo!

— Ele queria vir comigo.

— Não ia dar nada certo, Watson. É óbvio que seria impossível. Ele perguntou qual era a minha doença?

— Sim, e falei dos chineses do cais do porto.

— Ótimo, Watson! Você fez tudo o que um bom amigo poderia fazer. Agora pode desaparecer de cena.

— Preciso esperar para ouvir a opinião dele.

— Naturalmente. Mas tenho motivos para crer que a opinião dele vai ser muito mais sincera e útil se ele pensar que estamos a sós. Tem espaço suficiente para você atrás da cabeceira da minha cama.

— Mas, Holmes!

— Receio que não haja outra alternativa, Watson. Este quarto não tem nenhum outro lugar que possa servir de esconderijo, o que é uma vantagem, pois assim não desperta suspeitas. Mas, se você ficar bem ali, acho que vai dar certo. — De repente ele se sentou, com um rígido ar de alerta no rosto abatido. — Aí vem o coche. Rápido, homem, pela amizade que você me tem! E não saia daí, aconteça o que acontecer. Não saia de jeito nenhum, entendeu? Não fale! Não se mexa! Só fique com os ouvidos bem atentos. — Um segundo depois, já havia desaparecido qualquer traço daquele repentino acesso de energia, e sua autoridade e lucidez se transformaram no murmúrio incompreensível de um homem semidelirante.

Do esconderijo onde tive de entrar de maneira tão repentina pude ouvir os passos na escada, e a porta do quarto abrir e fechar. Então, para minha surpresa, houve um longo silêncio, quebrado apenas pela respiração ofegante de Holmes. Imaginei que nosso visitante estivesse parado perto da cama, olhando para o doente. Finalmente, aquele estranho silêncio foi quebrado.

— Holmes! Holmes! — exclamou ele, no tom insistente de quem tenta acordar alguém que está dormindo. — Está me ouvindo, Holmes? — Escutei então um barulho, como se ele estivesse sacudindo com força o doente pelos ombros.

— Sr. Smith... é o senhor? — disse Holmes, com a voz muito fraca. — Quase não tinha esperanças de que viesse.

O homem riu:

— Pois é. Mas, como o senhor está vendo, aqui estou eu. Pagar o mal com o bem, Holmes... o mal com o bem!

— É muita bondade sua, muita nobreza da sua parte. Admiro muito os seus conhecimentos.

O visitante deu um riso sarcástico.

— Ah, sim. Felizmente, o senhor é a única pessoa aqui em Londres que pensa assim. O senhor sabe que doença é essa?

— A mesma — disse Holmes.

— Hum! O senhor reconhece os sintomas?

— Infelizmente, reconheço.

— Não me surpreenderia nada, Holmes. Não me surpreenderia nem um pouco se fosse a mesma doença. Péssimas perspectivas para você. O coitado do Victor morreu depois de quatro dias... e era um rapaz jovem, forte, cheio de energia. Foi mesmo uma grande surpresa, como você disse, que ele contraísse uma doença asiática tão rara, ainda mais aqui, bem no coração de Londres. E logo uma doença que eu mesmo tinha estudado e pesquisado muito. Que coincidência, Holmes! Você foi muito esperto de perceber isso, mas nada generoso ao sugerir que as duas coisas têm relação de causa e efeito.

— Eu sabia que tinha sido você.

— Ah, sabia mesmo? Bem, seja lá como for, não podia provar. E o que me diz da sua atitude, hein, Holmes? Primeiro fica espalhando boatos sobre mim e depois vem se arrastando, me pedindo para ajudar quando está com um problema? Que tipo de jogo é esse, hein?

Ouvi a respiração difícil, ofegante do doente.

— Quero água — disse com muito esforço.

— Você está por um fio, meu caro, mas antes quero trocar umas palavrinhas com você. É por isso que vou te dar essa água. Pronto, não derrube! Isso. Você está entendendo o que eu digo?

Holmes deu um gemido e sussurrou:

— Faça alguma coisa por mim. O que passou, passou. Vou parar de pensar nessas coisas, juro que vou. Me cure, e eu esqueço tudo.

— Tudo o quê?

— Tudo sobre a morte de Victor Savage. Agora há pouco você praticamente admitiu que foi você mesmo que o matou. Vou esquecer tudo isso.

— Pode esquecer ou lembrar, tanto faz. De qualquer forma, você não vai para o banco das testemunhas. Vai é para outro lugar, Holmes, isso sim. Não tem a menor importância que você saiba como o meu sobrinho morreu. Não é sobre ele que estamos falando. É sobre você.

— Sim, sim!

— A pessoa que foi me procurar... esqueci o nome... disse que você contraiu a doença no porto, entre os marinheiros.

— Só pode ter sido lá.

— Você tem muito orgulho da sua inteligência, não é, Holmes? Você se acha muito esperto, não é mesmo? Mas agora encontrou alguém mais esperto do que você. Pense um pouco, Holmes. Não consegue imaginar outro modo de ter pego essa doença?

— Não consigo pensar em nada. Minha cabeça está vazia. Pelo amor de Deus, me ajude!

— Vou te ajudar, sim. Vou te ajudar a entender a sua situação e como você foi parar aí. Quero que você saiba antes de morrer.

— Me dê alguma coisa para aliviar a dor!

— Está doendo, não é? É, aqueles amarelos sempre davam uns grunhidos quando ia chegando o fim. É um tipo de cólica, creio.

— Sim, sim, é uma cólica.

— Bom, pelo menos você entende o que estou dizendo. Preste atenção! Você se lembra de algum incidente que aconteceu na sua vida, mais ou menos na época em que os sintomas começaram?

— Não, não. Nada.

— Pense bem.

— Estou muito fraco para pensar.

— Está bem, vou te ajudar. Não chegou alguma coisa pelo correio?

— Pelo correio?

— Uma caixa, por acaso?

— Estou desmaiando... vou morrer!

— Escute, Holmes! — Ouvi um som, como se ele estivesse sacudindo o pobre homem agonizante. Eu já não estava aguentando mais ficar ali, quieto, no meu esconderijo. — Você tem que me ouvir. Você *vai* me ouvir. Não se lembra de uma caixa, uma caixinha de marfim? Chegou na quarta-feira. Você abriu... não está lembrando?

— Sim, sim, abri. Tinha uma mola afiada dentro. Devia ser alguma brincadeira...

— Não era brincadeira nenhuma, você vai ver só. Seu idiota, você levou o que merecia. Quem mandou você atravessar o meu caminho? Se tivesse me deixado em paz, eu não teria feito nada contra você.

— Estou lembrando — disse Holmes. — A mola! Saiu sangue. A caixa... essa aí em cima da mesa.

— Caramba, é ela mesma! Aliás, posso muito bem sair daqui com ela no bolso. E lá se vai a sua última prova. Mas agora você já sabe a verdade, Holmes, e pode morrer sabendo que fui eu que matei você. Você sabia demais sobre a morte de Victor Savage; por isso te mandei para junto dele. Seu fim está próximo, Holmes. Vou ficar sentado aqui, vendo você morrer.

A voz de Holmes tinha enfraquecido, até se tornar um sussurro quase inaudível.

— O quê? — perguntou Smith. — Aumentar a luz? Ah, as sombras da noite começam a cair, não é? Está bem, vou fazer isso, assim posso te ver melhor. — Foi até o outro lado do quarto e de repente a iluminação ficou mais forte. — Mais alguma coisa que eu possa fazer por você, meu amigo?

— Um cigarro e um fósforo.

Quase dei um grito de alegria e surpresa. Holmes estava falando com sua voz normal — um pouco fraca, talvez, mas era aquela voz que eu conhecia. Houve um longo silêncio, e senti que Culverton Smith estava parado, quieto, surpreso, olhando para seu interlocutor.

— O que significa isso? — finalmente ouvi Smith dizer, num tom seco e áspero.

— O melhor modo de representar um papel é vivê-lo — disse Holmes. — Dou-lhe minha palavra de que nos últimos três dias não comi nem bebi nada, até que você fez a gentileza de me dar aquele copo d'água. Mas, o que acho mais difícil de suportar é a falta do tabaco. Ah, aqui está... um cigarro! — Ouvi alguém riscando um fósforo. — Ah, assim é muito melhor... Ei! Será que estou ouvindo os passos de um amigo?

Ouvi passos lá fora, a porta se abriu e o inspetor Morton entrou no quarto.

— Tudo em ordem, inspetor. Aí está o seu homem — disse Holmes.

O policial fez as advertências de praxe.

— O senhor está preso, acusado do assassinato de Victor Savage — concluiu.

— E pode acrescentar: da tentativa de assassinato de Sherlock Holmes — completou o meu amigo, com uma risadinha. — Para poupar trabalho a um inválido, inspetor, o sr. Culverton Smith fez a gentileza de dar o sinal que tínhamos combinado, aumentando a luz. A propósito, o prisioneiro tem uma caixinha no bolso direito do casaco, que seria bom o senhor guardar. Obrigado. Se eu fosse o senhor, tomaria muito cuidado. Coloque-a aqui. Ela pode ser útil no julgamento.

De repente, houve uma movimentação e ouvi um barulho de luta, seguido de um som metálico e de um grito de dor.

— O senhor vai acabar se machucando — disse o inspetor. — Fique quieto, sim? — Ouvi o clique das algemas sendo fechadas.

— Grande armadilha! — gritou uma voz alta e ríspida. — Isso vai botar *você* no banco dos réus, Holmes, e não eu. Ele me pediu para vir aqui tratar dele. Fiquei com pena e vim. Agora, sem dúvida nenhuma, ele vai inventar que eu disse coisas para poder confirmar as suas suspeitas malucas. Você pode mentir o quanto quiser, Holmes. Minha palavra vale tanto quanto a sua.

— Meu Deus! — exclamou Holmes. — Tinha esquecido completamente dele. Meu caro Watson, devo-lhe mil desculpas. Como é que pude me esquecer de você? Não preciso lhe apresentar o sr. Culverton Smith, pois creio que vocês já se conheceram hoje à tarde. O coche está lá embaixo? Vou logo em seguida, assim que trocar de roupa. Posso ser de alguma utilidade na delegacia.

* * *

— Era disso mesmo que eu estava precisando — disse Holmes, tomando uma taça de vinho tinto e comendo biscoitos, enquanto se aprontava. — Não tenho hábitos muito regulares, como você sabe, e uma proeza dessas não é tão difícil para mim como para a maioria das pessoas. Era fundamental que eu conseguisse deixar a sra. Hudson impressionada com a gravidade do meu estado, já que ela teria que transmitir tudo isso para você e você, por sua vez, para ele. Não ficou ofendido, ficou, Watson? Há de convir que, entre todas as suas qualidades, não se inclui a dissimulação. Se você soubesse do meu segredo, nunca conseguiria fazer com que Smith sentisse necessidade de vir até aqui com urgência, o que era o ponto vital de todo o plano. Conhecendo a natureza vingativa de Smith, eu tinha plena certeza de que ele viria ver com os próprios olhos o resultado do seu trabalho.

— Mas e sua aparência, Holmes? Aquela cara horrível?

— Três dias de jejum absoluto não deixam ninguém mais bonito, Watson. E, quanto ao resto, não era nada que uma esponja com sabão não pudesse curar. Colocando um pouco de vaselina na testa, beladona nos olhos, ruge nas maçãs do rosto e crostas de cera de abelha ao redor dos lábios, pode-se conseguir resultados bem satisfatórios. Até já pensei em escrever um trabalho sobre as várias maneiras de se passar por doente. Além disso, falar de vez em quando sobre moedas, ostras ou qualquer outro assunto fora do contexto produz um bom efeito de delírio.

— Mas por que você não me deixava chegar perto se, na verdade, não havia infecção nenhuma?

— E você ainda pergunta, meu caro Watson? Acha que não tenho nenhuma consideração por suas qualidades de médico? Seria possível que você fosse diagnosticar como desenganado um paciente que, embora fraco, não tivesse aumento de pulsação nem de temperatura? A uns quatro passos de distância eu ainda conseguia enganá-lo. Se não desse certo, quem é que ia trazer o meu Smith até aqui, para minha armadilha? Não, Watson, não toque nessa caixa. Se você olhar pelo lado, dá para ver que tem uma mola afiada como um dente de cobra, que levanta quando se abre a caixa. Eu diria até que foi um dispositivo desse tipo que matou o coitado do Savage, o qual era um obstáculo para esse monstro receber uma herança. Além disso, minha correspondência é muito variada, como você sabe, e fico de sobreaviso em relação a qualquer pacote que chega. Mas eu sabia muito bem que, se fingisse que tinha conseguido o que queria, ele mesmo poderia confessar. E levei meu desempenho até o fim, como um verdadeiro artista. Obrigado, Watson, ajude-me a vestir o casaco. Quando tudo estiver terminado na delegacia, acho que não seria nada mau irmos ao Simpson's para um bom jantar.

Tradução Denise Valença Bertacini

Arthur Conan Doyle nasceu em 1859, em Edimburgo, na Escócia, e morreu em 1930. Era médico e tornou-se também um historiador de renome. Em 1887, como não conseguia muito sucesso em sua clínica, decidiu tentar a sorte escrevendo um romance policial. Foi dessa maneira que surgiu o detetive Sherlock Holmes, que, através de inteligência e raciocínio, resolve os crimes mais misteriosos. De 1891 a 1927, o personagem apareceu em dezenas de contos. Com isso, transformou-se num detetive extremamente popular e querido pelo público. Muitos leitores acreditavam em sua existência e escreviam-lhe cartas pedindo-lhe que solucionasse diversos casos.
Até hoje, o escritor é considerado o maior mestre da ficção policial, tendo inspirado incontáveis autores.

Medeiros e Albuquerque

Se eu fosse Sherlock Holmes*

Medeiros e Albuquerque

Os romances de Conan Doyle me deram o desejo de empreender alguma façanha no gênero das de Sherlock Holmes. Pareceu-me que deles se concluía que tudo estava em prestar atenção aos fatos mínimos. Destes, por uma série de raciocínios lógicos, era sempre possível subir até o autor do crime.

Quando acabara a leitura do último dos livros de Conan Doyle, meu amigo Alves Calado teve a oportuna nomeação de delegado auxiliar. Íntimos, como éramos, vivendo juntos, como vivíamos, na mesma pensão, tendo até escritório comum de advocacia, eu lhe tinha várias vezes exposto minhas ideias de "detetive". Assim, no próprio dia de sua nomeação ele me disse:

— Eras tu que devias ser nomeado!

Mas acrescentou, desdenhoso das minhas habilidades:

— Não apanhavas nem o ladrão que roubasse o obelisco da avenida!

* Este conto foi extraído do livro *Se eu fosse Sherlock Holmes* (1932). (N.E.)

Fi-lo, porém, prometer que, quando houvesse algum crime, eu o acompanharia a todas as diligências. Por outro lado levei-o a chamar a atenção do seu pessoal para que, tendo notícia de qualquer roubo ou assassinato, não invadisse nem deixasse ninguém invadir o lugar do crime.

— Alta polícia científica — disse ele, gracejando.

Passei dias esperando por algum acontecimento trágico, em que pudesse revelar minha sagacidade. Creio que fiz mais do que esperar: cheguei a desejar.

Uma noite, fui convidado por Madame Guimarães para uma pequena reunião familiar. Em geral, o que ela chamava "pequenas reuniões" eram reuniões de vinte a trinta pessoas, da melhor sociedade. Dançava-se, ouvia-se boa música e quase sempre ela exibia algum "número" curioso: artistas de teatro, de *music-hall* ou de circo, que contratava para esse fim. O melhor, porém, era talvez a palestra que então se fazia, porque era mulher muito inteligente e só convidava gente de espírito. Fazia disso questão.

A noite em que eu lá estive entrou bem nessa regra.

Em certo momento, quando ela estava cercada por uma boa roda, apareceu Sinhazinha Ramos. Sinhazinha era sobrinha de Madame Guimarães; casara-se pouco antes com um médico de grande clínica. Vindo só, todos lhe perguntaram:

— Como vai seu marido?

— Tem trabalhado por toda a noite, com uma cliente.

— É admirável como os médicos casados têm sempre clientes noturnas...

— Má-língua! — replicou ela. — Ele sempre os teve.

Outra senhora, Madame Caldas, acudiu:

— Os maridos, quando querem passar a noite fora de casa, acham sempre pretextos.

Voltei-me para o dr. Caldas, que era advogado, e interpelei-o:

— Tem a palavra o acusado!

O dr. Caldas não gostou da afirmação da mulher. Resmungou apenas:

— Tolices de Adélia...

O embaraço dele se dissipou, porque Madame Guimarães perguntou à sobrinha:

— Onde deixaste tua capa?

— No meu automóvel. Não quis ter a maçada de subir.

A casa era de dois andares e Madame Guimarães, nos dias de festas, tomava a si arrumar capas e chapéus femininos no seu quarto:

— Serviço de vestiário é exclusivamente comigo. Não quero confusões.

Fechado esse parêntesis, a conversa voltou ao ponto em que estava. Declarei, então, que tinha pensado em casar-me. Antes, porém, procurara obter um lugar na Inspetoria de Iluminação. Mesmo de graça, me servia.

— Nunca a iluminação se veria tão bem fiscalizada... Pelo menos seria isso que teria sempre para dizer a minha mulher.

Concluí melancolicamente:

— Não arranjei o lugar, não me casei.

Houve quem sorrisse. Sempre se encontram, felizmente, pessoas polidas, que fingem achar espirituosas mesmo as coisas mais insípidas.

Nisto, uma das senhoras presentes veio despedir-se de Madame Guimarães. Precisava de seu chapéu. A dona da casa, que, para evitar trocas e desarrumações, era a única a penetrar no quarto que transformara em vestiário, levantou-se e subiu para ir buscar o chapéu da visita, que desejava partir.

Não se demorou muito tempo. Voltou com a fisionomia transtornada:

— Roubaram-me. Roubaram o meu anel de brilhantes...

Todos se reuniram em torno dela. Como era? Como não era? Não havia, aliás, nenhuma senhora que não o conhecesse: um anel com três grandes brilhantes de um mau gosto espetaculoso, mas que valia de sessenta a oitenta contos.

Sherlock Holmes gritou dentro de mim: "Mostra o teu talento, rapaz!".

Sugeri logo que ninguém entrasse no quarto. Ninguém! Era preciso que a Polícia pudesse tomar as marcas digitais que por acaso houvesse na mesa de cabeceira de Madame Guimarães. Porque era lá que tinha estado a joia.

Saltei ao telefone, toquei para o Alves Calado, que se achava de serviço nessa noite, e preveni-o do que havia, recomendando-lhe que trouxesse alguém perito em datiloscopia.

Ele respondeu de lá com a sua troça habitual:

— Vais afinal entrar em cena com a tua alta polícia científica?

Objetou-me, porém, que a essa hora não podia achar nenhum perito. Aprovou, entretanto, que eu não consentisse ninguém entrar no quarto. Subi então com todo o grupo para fecharmos a porta à chave. Antes de se fechar, era, porém, necessário que Madame Guimarães tirasse as capas que estavam no seu leito. Todos ficaram no corredor, mirando, comentando. Eu fui o único que entrei, mas com um cuidado extremo, um cuidado um tanto cômico de não tocar em coisa alguma. Como olhasse para o teto e para o assoalho, uma das senhoras me perguntou se estava jogando "o carneirinho--carneirão, olhai p'ra o céu, olhai p'ra o chão".

Retiradas as capas, o zum-zum das conversas continuava. Ninguém tinha entrado no quarto fatídico. Todos o diziam e repetiam.

Foi no meio dessas conversas que Sherlock Holmes cresceu dentro de mim. Anunciei:

— Já sei quem furtou o anel.

De todos os lados surgiam exclamações. Algumas pessoas se limitavam a interjeições: "Ah!", "Oh!". Outras perguntavam quem tinha sido.

Sherlock Holmes disse o que ia fazer, indicando um gabinete próximo:

— Eu vou para aquele gabinete. Cada uma das senhoras aqui presentes fecha-se ali em minha companhia por cinco minutos.

— Por cinco minutos? — indagou o dr. Caldas.

— Porque eu quero estar o mesmo tempo com cada uma, para não se poder concluir da maior demora com qualquer delas que essa foi a culpada. Serão para cada uma cinco minutos cronométricos.

O dr. Caldas voltou, gracejando:

— Mas V. veja o que faz. Não procure namorar minha mulher, senão eu lhe dou um tiro.

Houve uma hesitação. Algumas diziam estar acima de qualquer suspeita, outras que não se submetiam a nenhum inquérito policial. Venceu, porém, o partido das que diziam "quem não deve não teme". Eu esperava, paciente. Por fim, quando vi que todas estavam resolvidas, lembrei que seria melhor quem fosse saindo despedir-se e partir.

E a cerimônia começou. Cada uma das senhoras esteve trancada comigo justamente os cinco minutos que eu marcara.

Quando a última partiu, saiu do gabinete, achei à porta, ansiosa, Madame Guimarães:

— Venha comigo — disse-lhe eu.

Aproximei-me do telefone, chamei o Alves Calado e disse-lhe que não precisava mais tomar providência alguma, porque o anel fora achado.

Voltando-me para Madame Guimarães entreguei-o então. Ela estava tão nervosa que me abraçou e até beijou freneticamente. Quando, porém, quis saber quem fora a ladra, não me arrancou nem uma palavra.

No quarto, ao ver Sinhàzinha Ramos entrar, tínhamos tido, mais ou menos, a seguinte conversa:

— Eu não vou deitar verdes para colher maduros, não vou armar cilada alguma. Sei que foi a senhora que tirou a joia de sua tia.

Ela ficou lívida. Podia ser medo. Podia ser cólera. Mas respondeu firmemente:

— Insolente! É assim que o senhor está fazendo com todas, para descobrir a culpada?

— Está enganada. Com as outras converso apenas, conto-lhes anedotas. Com a senhora, não; exijo que me entregue o anel.

Mostrei-lhe o relógio para que visse que o tempo estava passando.

— Note — disse eu — que tenho uma prova, posso fazer ver a todos.

Ela se traiu, pedindo:

— Dê sua palavra de honra que tem essa prova!

Dei. Mas o meu sorriso lhe mostrou que ela, sem dar por isso, confessara indiretamente o fato.

— E já agora — acrescentei — dou-lhe também a minha palavra de honra que nunca ninguém saberá por mim o que fez.

Ela tremia toda.

— Veja que falta um minuto. Não chore. Lembre-se de que precisa sair daqui com uma fisionomia jovial. Diga que estivemos falando de modas.

Ela tirou a joia do seio, deu-ma e perguntou:

— Qual é a prova?

— Esta — disse-lhe eu apontando para uma esplêndida rosa-chá que ela trazia. — É a única pessoa, esta noite, que tem aqui uma rosa amarela. Quando foi ao quarto de sua tia, teve a infelicidade de deixar cair duas pétalas dela. Estão junto da mesa de cabeceira.

Abri a porta. Sinhazinha compôs magicamente, imediatamente, o mais encantador, o mais natural dos sorrisos e saiu dizendo:

— Se este Sherlock fez com todas o mesmo que comigo, vai ser um fiasco absoluto.

Não foi fiasco, mas foi pior.

Quando Sinhazinha chegara, subira, logo. Graças à intimidade que tinha na casa, onde vivera até a data do casamento, podia fazer isso naturalmente. Ia só para deixar a sua capa dentro de um armário. Mas, à procura de um alfinete, abriu a mesinha de cabeceira, viu o anel, sentiu a tentação de roubá-lo e assim fez. Lembrou-se de que tinha de ir para a Europa daí a um mês. Lá venderia a joia. Desceu então novamente com a capa e mandou pô-la no automóvel. E como ninguém a tinha visto subir, pôde afirmar que não fora ao andar superior.

Eu estraguei tudo.

Mas a mulherzinha se vingou: a todos insinuou que provavelmente o ladrão tinha sido eu mesmo, e, vendo o caso descoberto antes da minha retirada, armara aquela encenação para atribuir a outrem o meu crime.

O que sei é que Madame Guimarães, que sempre me convidava para as suas recepções, não me convidou para a de ontem... Terá talvez sido a primeira a acreditar na sobrinha.

José Joaquim Medeiros e Albuquerque nasceu no Recife, em 1867, e morreu em 1934, no Rio de Janeiro. Fez os estudos secundários em Portugal e voltou ao Brasil com 21 anos, já poeta consagrado. Teve uma intensa vida pública, destacando-se na política como deputado federal e senador, participando ativamente da campanha pela Abolição e pela República. Marcou presença igualmente no campo das letras, colaborando em quase todos os jornais e revistas da época e publicando dezenas de volumes de ensaios e crônicas que falavam sobre os mais diversos assuntos. Foi também um dos fundadores da Academia Brasileira de Letras e autor da primeira reforma ortográfica brasileira, em 1907. O escritor tornou-se pioneiro na ficção policial brasileira, seguindo os passos de Conan Doyle, por quem nutria grande admiração.

Edgar Allan Poe

Tu és o homem*

Edgar Allan Poe

Vou desempenhar agora o papel de Édipo[1] para o enigma de Guizoburgo. Vou contar a vocês, como somente eu poderia contar, o segredo do intricado mecanismo que tornou possível o milagre de Guizoburgo — o único, o verdadeiro, o reconhecido, o inquestionado e inquestionável milagre, que pôs fim, de uma vez por todas, à deslealdade entre os guizoburgueses e converteu aos costumes rígidos das nossas avós todo e qualquer libertino que já tivesse se atrevido a ser cético.

Esse acontecimento — que não me agradaria discutir num tom de inoportuna leviandade — ocorreu no verão de 18 _ _. O sr. Aparício Penagrande, um dos mais ricos e respeitáveis cidadãos do burgo, havia desaparecido há vários dias, em circunstâncias que davam mar-

* Este conto foi originalmente publicado em inglês com o título "Thou art the man". (N.E.)

1 A referência à peça *Édipo rei*, de Sófocles, já aparece no próprio título do conto, "Tu és o homem", frase dita a Édipo no momento em que lhe revelam que ele próprio era o assassino por quem tanto procurava. (N.T.)

gem a fortes suspeitas de um crime. O sr. Penagrande tinha partido de Guizoburgo bem cedo, numa manhã de sábado, a cavalo, com a declarada intenção de ir até a cidade de _ _ _ _, a uns vinte quilômetros de distância, e voltar ainda naquela mesma noite. Porém, duas horas depois da sua partida, o cavalo voltou sem ele e sem os alforjes que, na saída, lhe tinham sido amarrados ao lombo. O animal estava ferido e coberto de lama. Essas circunstâncias naturalmente causaram grande preocupação entre os amigos do desaparecido; e, na manhã de domingo, quando se verificou que ele ainda não tinha voltado, todo o burgo decidiu sair em massa e procurar o corpo.

O primeiro e mais enérgico na organização dessa busca foi o melhor amigo do sr. Penagrande — certo Carlos Boaventura, ou, como era por todos chamado, Carlinhos Boaventura, ou seu Carlinhos Boaventura. Ora, se é apenas uma incrível coincidência ou se é esse nome que exerce um sutil efeito sobre o caráter da pessoa, até hoje nunca fui capaz de dizer ao certo, mas o fato é inegável: jamais conheci um homem chamado Carlos que não fosse um sujeito franco, viril, honesto, de boa índole e de peito aberto, dono de uma voz clara e sonora, que agrada aos ouvidos, e de um olhar que fita sempre direto nos olhos, como se dissesse: "Minha consciência está completamente limpa, não temo ninguém, e sou totalmente incapaz de praticar qualquer ação indigna ou mesquinha". E é assim que todos os figurantes sinceros e desinteressados, cavalheiros que enfeitam o palco com sua presença, muito provavelmente atendem pelo nome de Carlos.

Ora, seu Carlinhos Boaventura, embora estivesse em Guizoburgo há não mais que uns seis meses, se tanto, e embora ninguém soubesse nada a seu respeito antes de mudar-se para lá, não tinha encontrado a menor dificuldade em travar conhecimento com todas as pessoas respeitáveis do burgo. Não havia um desses cidadãos que não preferisse acreditar numa única palavra sua contra mil palavras de outro homem, em qualquer situação; e, quanto às mulheres, não havia no mundo favor que elas não lhe fizessem. E tudo isso vinha do simples fato de ter recebido o nome de Carlos no batismo e de possuir, por isso mesmo, aquele rosto franco que é, proverbialmente, "a melhor carta de recomendação".

Já disse que o sr. Aparício Penagrande era um dos homens mais respeitáveis e, sem dúvida, o mais rico de Guizoburgo, e seu Carlinhos Boaventura era tão íntimo dele como se fosse seu próprio irmão. Os dois velhos senhores eram vizinhos e, embora o sr. Penagrande quase nunca ou nunca visitasse seu Carlinhos, e embora nunca se tenha ouvido falar que tivesse feito alguma refeição em casa do amigo, ainda assim, isso não impedia que os dois fossem extremamente íntimos, conforme já observei, pois seu Carlinhos nunca deixava passar um dia sequer sem ir umas três ou quatro vezes ver como ia passando o seu vizinho, e muitas vezes acabava ficando para o café da manhã ou para o chá, e quase sempre para o jantar; e, quanto à quantidade de vinho consumida pelos dois grandes amigos a cada reunião, isso é coisa realmente difícil de se dizer com exatidão. A bebida preferida de seu Carlinhos era o Château-Margaux, e parecia fazer bem ao coração do sr. Penagrande ver seu grande amigo entornar, goela abaixo, um copo atrás do outro; de modo que, certo dia, quando o vinho já estava *dentro* e o juízo, como consequência natural, um tanto *fora*, disse ele ao seu companheiro, dando-lhe uns tapinhas nas costas:

— Vou lhe dizer uma coisa, Carlinhos, meu velho; você é, sem sombra de dúvida, (hic) o sujeito mais cordial que eu já encontrei em toda a minha vida, (hic) desde que vim para esse mundo... E já que você gosta tanto de entornar esse vinho, assim, (hic) desse jeito, (hic) eu juro, por tudo quanto é sagrado, (hic) que vou te dar uma caixa grande de Château-Margaux. Bem grande. De presente. Se não, quero cair morto neste instante! — O sr. Penagrande tinha o triste hábito de jurar e praguejar, se bem que era raro ir além do "Quero cair morto neste instante!", "Que os demônios me levem!" ou "Que um raio caia na minha cabeça!". — Quero cair morto — disse ele —, se eu não mandar um pedido para a cidade, ainda hoje, de uma caixa tamanho família, do melhor que há na praça, (hic) e te dou de presente... juro que vou pedir! (hic) E não precisa dizer nada agora, não: *vou pedir*, (hic) já disse, (hic) e ponto-final. Pode esperar: um dia desses, (hic) vai chegar às suas mãos, (hic) um belo dia, (hic) quando você menos estiver esperando! — Menciono essa pequena amostra de generosidade por parte do sr. Penagrande apenas para mostrar a vocês a profunda intimidade e entendimento que existiam entre os dois amigos.

Pois bem, na manhã do domingo em questão, quando se tornou evidente que alguma coisa muito séria tinha acontecido ao sr. Aparício Penagrande, não vi ninguém mais profundamente abalado que seu Carlinhos Boaventura. Quando ficou sabendo que o cavalo tinha voltado para casa sem o dono e sem os alforjes do dono, todo ensanguentado com um tiro de pistola, que lhe varou o peito de lado a lado, quase matando o pobre animal; quando soube disso tudo, ficou tão pálido como se o desaparecido Aparício fosse seu próprio irmão ou mesmo seu querido e amado pai, e tremia e se agitava todo, como se estivesse com um acesso de malária.

A princípio, a dor que tomou conta do seu coração foi tão forte que se viu incapaz de fazer o que quer que fosse ou mesmo pensar em algum plano de ação; de forma que, por um bom tempo, ele procurou de todas as formas dissuadir os outros amigos do sr. Penagrande de fazer alarde sobre o caso, achando melhor esperar mais um pouco — digamos, uma ou duas semanas, quem sabe um ou dois meses —

para ver se alguma coisa acabava acontecendo ou se o próprio Aparício não acabava aparecendo por si mesmo e explicando as razões que o tinham levado a mandar o cavalo na frente. Creio que vocês muitas vezes já puderam observar essa disposição para ganhar tempo ou para adiar as coisas nas pessoas que estão atravessando algum sofrimento profundo e doloroso. Suas faculdades mentais ficam como que entorpecidas, de forma que a pessoa passa a ter horror de qualquer coisa que se pareça com ação, e não quer saber de mais nada a não ser ficar deitada na cama, quieta, "tratando da ferida", como dizem os mais velhos, ou seja, ficar ruminando seu sofrimento.

E, de fato, o povo de Guizoburgo tinha em tão alta conta a sabedoria e o discernimento de seu Carlinhos, que a maioria das pessoas preferiu concordar com ele e não mexer no caso até ver se "acontecia alguma coisa", conforme as palavras daquele honesto cidadão, e acredito que, no fim das contas, essa teria sido a determinação de todos, não fosse a interferência suspeita do sobrinho do sr. Penagrande, um rapaz de hábitos bastante dissolutos e, além do mais, dotado de certo mau caráter. Esse sobrinho, cujo nome era Penásio Penin, não queria saber de ouvir a voz da razão que falava em "ficar quieto", e insistia em iniciar imediatamente uma busca pelo "corpo do homem assassinado". Foi essa a expressão que ele utilizou; e o sr. Boaventura, com grande perspicácia, observou, na ocasião, que se tratava de "uma expressão *muito curiosa*, para não dizer outra coisa". Também essa observação de seu Carlinhos teve grande efeito sobre o grupo, e ouviu-se alguém perguntar, de maneira incisiva, "como é que o jovem sr. Penásio Penin era tão profundo conhecedor de todas as circunstâncias ligadas ao desaparecimento do seu rico tio Aparício a ponto de se sentir autorizado a afirmar, com toda a clareza e com tanta certeza, que o tio era 'um homem assassinado'?". Nisto, ocorreram bate-bocas e troca de indiretas entre várias pessoas do grupo, especialmente entre seu Carlinhos e o sr. Penásio Penin — se bem que isso não fosse de forma alguma uma novidade, pois, nos últimos três ou quatro meses, já não havia nenhum bom sentimento entre os dois, e as coisas tinham, inclusive, chegado a ponto de o sr. Penásio Penin efetivamente derrubar o amigo do tio com um soco por conta de um suposto excesso de liberdade que este teria tomado na casa do tio Aparício, onde o sobrinho morava. Conta-se que nessa ocasião seu Carlinhos portou-se com uma moderação e uma caridade cristã exemplares. Levantou-se, depois de receber o murro, ajeitou as roupas, e não fez a menor tentativa de reagir, murmurando apenas alguma coisa como "vingar-se sumariamente na primeira oportunidade" — uma explosão de raiva mais que natural e inteiramente justificável, que, entretanto, não queria dizer nada, e, sem dúvida, foi dita e esquecida no mesmo instante.

Fosse como fosse o caso (que aliás não diz respeito ao assunto agora em questão), o certo é que o povo de Guizoburgo, principalmente em virtude da persuasão do sr. Penásio Penin, decidiu, afinal, dispersar-se por toda a região em busca do desaparecido Aparício. Diria que chegaram a essa decisão logo de saída. Depois que ficou bem resolvido que a busca deveria ser feita, considerou-se como que natural que os batedores deveriam se dispersar — ou seja, dividir-se em grupos menores — para um exame mais cuidadoso de toda a região. Não me recordo, porém, qual o engenhoso raciocínio utilizado por seu Carlinhos para convencer o povo de que aquele era, na realidade, o mais disparatado plano que se poderia pôr em prática. Mas de fato convenceu a todos — todos, exceto o sr. Penásio Penin; e, por fim, ficou combinado que se faria uma busca, cuidadosa e detalhada, com todos os habitantes do burgo juntos, e o próprio Carlinhos Boaventura à frente do grupo.

E, nesse ponto, não poderia haver um líder melhor do que seu Carlinhos, que todos sabiam ter olhos de lince; mas, muito embora ele os levasse a todos os recantos e barrancos possíveis e imagináveis, por caminhos que ninguém jamais havia sequer pensado que existissem naquela região, e embora a busca prosseguisse dia e noite, sem cessar, por quase uma semana, ainda assim nenhuma pista do sr. Penagrande pôde ser encontrada. Quando digo "nenhuma pista", porém, não se deve entender de forma literal, porque pista, até certo ponto, de fato existia. Tinham seguido o caminho feito pelo pobre homem através das marcas das ferraduras do seu cavalo (que eram características), até determinado ponto situado a cerca de cinco quilômetros a leste do burgo, na estrada principal que levava à cidade. Ali, o rastro desviava para um atalho que atravessava um trecho da mata — caminho esse que dava novamente na estrada principal, diminuindo em cerca de oitocentos metros a distância normal. Seguindo o rastro das ferraduras o grupo chegou, finalmente, a uma grande poça de água estagnada, um charco meio oculto pela vegetação, à direita do atalho; do lado de lá do charco, qualquer vestígio de rastro sumia de vez. Parecia, porém, que uma luta ali havia sido travada, e que um corpo grande e pesado, muito maior e mais pesado que um homem, tinha sido arrastado do atalho para dentro do charco. Este foi cuidadosamente dragado, por duas vezes, mas não se encontrou nada. O grupo já estava a ponto de voltar para casa, desanimando de chegar a alguma coisa, quando a Providência Divina sugeriu ao sr. Boaventura o expediente de drenar toda a água do charco por completo. O projeto foi recebido com muitos aplausos e altos elogios ao sr. Boaventura por sua sagacidade e ponderação. Como muitos moradores tinham trazido pás, supondo que talvez pudessem ser chamados a desenterrar um cadáver, a drenagem foi fácil e rapidamente efetuada; e assim que o fundo se tornou visível, surgiu, bem em meio à lama que ainda restava, um colete preto de veludo que quase todos os presentes reconheceram de imediato como sendo de propriedade do sr. Penásio Penin. Esse colete estava muito rasgado e manchado de sangue, e várias pessoas no grupo se lembravam muito bem de terem visto o dono usando o colete justamente naquela manhã em que o sr. Aparício Penagrande partiu para a cidade, enquanto outras havia que estavam prontas a testemunhar, sob juramento, se preciso fosse, que o sr. P. P. *não* havia usado a peça em questão, em nenhum momento no *restante* daquele dia memorável; tampouco se pôde achar alguém que afirmasse ter visto o colete na pessoa do sr. P. P. em nenhum outro momento *após* o desaparecimento do sr. Penagrande.

As coisas agora assumiam um aspecto muito sério para o sr. Penásio Penin, e observou-se, como uma confirmação indubitável das suspeitas levantadas contra a sua pessoa, que ele ficou extremamente pálido, e quando lhe perguntaram o que tinha a dizer em sua defesa, foi incapaz de proferir uma única palavra. Nisto, os poucos amigos que o seu modo de vida desregrado lhe havia deixado abandonaram-no no mesmo instante, todos, sem exceção, e mostraram-se até mesmo mais revoltados que os seus mais antigos e declarados inimigos, clamando por sua prisão imediata. Mas, por outro lado, a grandeza do sr. Boaventura resplandeceu, ganhando, pelo contraste, o mais brilhante dos brilhos. Fez então uma defesa apaixonada e profundamente eloquente do sr. Penásio Penin, na qual aludiu mais de uma vez ao fato de já ter ele mesmo concedido o seu sincero perdão àquele jovem rebelde — "o herdeiro do grande sr. Penagrande" — pelo insulto que ele (o rapaz) tinha, sem dúvida no calor do momento, julgado oportuno descarregar sobre ele (sr. Boaventura). E o perdoava — dizia ele —, do fundo do coração; e, quanto a si mesmo (sr. Boaventura), longe de levar a extremos as circunstâncias suspeitas, que, lamentava dizer, haviam *realmente* se levantado contra o sr.

Penásio Penin, ele (sr. Boaventura) faria todo e qualquer esforço que estivesse ao seu alcance, usaria de toda a humilde eloquência de que era dotado para... para... para suavizar, tanto quanto lhe permitia a sua consciência, os piores aspectos desse caso tão desconcertante.

E assim o sr. Boaventura prosseguiu, por mais uma meia hora, elevando ainda mais a reputação da sua cabeça e do seu coração. Mas as pessoas generosas raramente são coerentes em suas observações — elas tropeçam em toda sorte de enganos, contradições e despropósitos, na ânsia desenfreada de servir a um amigo em dificuldades — de modo que, muitas vezes, com a melhor das intenções, acabam por prejudicá-lo muito mais do que ajudá-lo.

E foi o que sucedeu no presente caso, com toda a eloquência de seu Carlinhos; pois embora se empenhasse ao máximo em defesa do suspeito, ainda assim o que aconteceu foi que, de uma forma ou de outra, cada sílaba por ele pronunciada, cujo objetivo direto não fosse o de exaltar o orador junto ao conceito do público, acabava tendo o efeito de intensificar ainda mais as suspeitas já ligadas ao indivíduo cuja causa ele advogava e de despertar contra este a fúria da multidão.

Um dos erros mais inexplicáveis cometidos pelo orador foi aludir ao suspeito como sendo "o herdeiro do grande sr. Penagrande". Realmente, o povo nunca tinha pensado nisso antes. Lembravam-se apenas de certas ameaças de deserdá-lo, proferidas há um ou dois anos pelo tio (que não tinha nenhum parente vivo, exceto o sobrinho), e, portanto, sempre tinham encarado essa possibilidade como um assunto encerrado — tão pouco imaginativas eram as pessoas de Guizoburgo; mas a observação de seu Carlinhos levou-os imediatamente a considerar esse ponto e perceber que talvez as ameaças tivessem sido *nada mais* que ameaças. E assim, no mesmo instante, ergueu-se a questão natural do *cui bono*? — questão que tendia, até mais do que o colete, a vincular o rapaz ao terrível crime.

E aqui, para evitar qualquer mal-entendido, permitam-me divagar por alguns instantes apenas para observar que essa expressão latina, tão breve e simples, que acabo de utilizar, é invariavelmente mal traduzida e mal interpretada. *Cui bono*?, em todos os romances de primeira grandeza e em toda a parte — nos romances da sra. Gore, por exemplo (autora de *Cecil*), uma dama capaz de fazer citações em todas as línguas, do caldaico[2] ao chickasaw[3], e que é auxiliada em seu aprendizado, "sempre que necessário", por um plano sistemático de autoria do sr. Beckford —, em *todos* os grandes romances, dizia eu, desde Bulwer e Dickens até Ainsworth e João da Silva[4], essas duas palavrinhas latinas, *cui bono*?, são traduzidas como "com que propósito?" ou (como se fosse *quo bono*?) "com que motivo?". Seu verdadeiro significado, no entanto, é "para benefício *de quem*?". *Cui*, de quem; *bono*, benefício. É uma expressão puramente legal, aplicável precisamente a casos como este que temos agora em consideração, onde a probabilidade de alguém ser o autor do ato depende da probabilidade de que esse ato beneficie este indivíduo ou aquele outro. Ora, no presente caso, a questão *cui bono*? implicava, com toda a clareza, o sr. Penásio Penin. O tio o havia ameaçado, depois de fazer um testamento em seu favor, com a possibilidade de deserdá-lo. Mas a ameaça, na verdade, não foi cumprida; ao que tudo indicava, o testamento original não tinha sido alterado. Caso *tivesse* sido alterado, o único motivo provável para o crime, por parte do suspeito, teria sido o de sempre: desejo de vingança; e mesmo

2 Língua dos caldeus, antigo povo semita da Ásia. (N.T.)

3 Língua dos Muskhogean, tribo de índios norte-americanos. (N.T.)

4 Aqui Poe critica com ironia escritores ingleses sem grandes qualidades literárias que, no entanto, estavam muito em evidência na época (século XIX). Ao mencionar Charles Dickens (autor de *David Coperfield*, *Oliver Twist*, etc.), escritor maior, de interesse permanente, critica o fato de que todos os romancistas eram considerados "grandes", sem diferenciação. (N.T.)

este acabaria neutralizado pela esperança de cair novamente nas boas graças do tio. Mas, com o testamento inalterado e a ameaça de alteração pairando sobre a cabeça do sobrinho, surgia, de imediato, o mais forte dos motivos para tal atrocidade; e foi essa a conclusão a que chegaram, com extrema sagacidade, os bravos cidadãos do burgo de Guizo.

E assim, como era de esperar, o sr. Penásio Penin foi detido na mesma hora, e o grupo, depois de mais algumas buscas, pôs-se em direção ao burgo, levando-o prisioneiro. No caminho, porém, outra circunstância ocorreu que parecia confirmar as suspeitas já existentes. Viram o sr. Boaventura, que com sua dedicação estava sempre um pouco à frente do grupo, dar, de repente, alguns passos apressados, agachar-se e apanhar na grama um pequeno objeto. Depois de examiná-lo rapidamente, fez como se tentasse mais ou menos esconder a coisa no bolso do paletó; mas esse gesto foi percebido, conforme já disse, e, consequentemente, evitado, ao mesmo tempo que se verificava que o objeto apanhado no chão era um canivete espanhol que uma dúzia de pessoas imediatamente reconheceu como pertencendo ao sr. Penásio Penin. Além do mais, as suas iniciais estavam gravadas no cabo. A lâmina do canivete estava aberta e toda ensanguentada.

Não restava a menor dúvida agora quanto à culpa do sobrinho, e assim que chegaram a Guizoburgo, Penásio Penin foi levado à presença do juiz para responder ao interrogatório.

Nesse ponto, as coisas, novamente, assumiram um aspecto extremamente desfavorável. Ao ser indagado quanto ao seu paradeiro na manhã do desaparecimento do sr. Aparício Penagrande, o prisioneiro teve o desplante de confessar que, justamente naquela manhã, tinha saído com seu rifle para caçar veados, bem nos arredores do charco onde o colete manchado de sangue fora encontrado, graças à sagacidade do sr. Boaventura.

Este, então, deu alguns passos à frente do grupo e, com lágrimas nos olhos, pediu permissão para depor. Disse que um profundo senso de dever para com o Criador, e não menos para com os seus semelhantes, não lhe permitia mais permanecer em silêncio. Até então, um afeto sincero por aquele rapaz (mesmo com todos os maus-tratos que este havia infligido a ele, sr. Boaventura) o fizera levantar todas as hipóteses que a imaginação era capaz de sugerir para tentar explicar o que parecia suspeito nas circunstâncias que falavam tão alto contra o sr. Penin; mas, agora, essas circunstâncias eram todas *tão* convincentes, *tão* condenatórias, que ele não hesitaria nem mais um segundo — ia contar tudo o que sabia, se bem que com esse esforço o seu coração (o do sr. Boaventura) se partiria em mil pedaços. Pôs-se, então, a relatar que, na véspera da partida do sr. Penagrande para a cidade, aquele ilustre cavalheiro havia mencionado ao sobrinho, na *sua* presença (dele, sr. Boaventura), que o objetivo da sua ida à cidade na manhã seguinte era fazer um depósito de uma extraordinária soma em dinheiro no Banco da Lavoura e do Comércio, e que, nessa mesma ocasião, o dito sr. Penagrande comunicou claramente ao sobrinho a sua inapelável decisão de invalidar o testamento original e deixar o sr. Penin depenado, sem um único tostão. Ele (a testemunha) fez, então, um apelo solene ao acusado para que este dissesse se aquilo que ele (testemunha) havia acabado de relatar era ou não a verdade, em todos os seus pormenores substanciais. Para grande espanto de todos os presentes, o sr. Penásio Penin admitiu abertamente que aquilo tudo *era* verdade.

O juiz, então, achou que era seu dever enviar dois policiais para fazer uma busca nos aposentos do acusado, na casa de seu tio. E dessa busca voltaram, quase que imediatamente, com a conhecida carteira de couro vermelho com rebites de aço que o idoso cavalheiro levava consigo havia anos. Os valores que continha, no entanto, tinham sido subtraídos, e o juiz tentou, em vão, arrancar do prisioneiro uma confissão dizendo que fim havia dado àqueles valores ou onde estavam escondidos. Obstinadamente o rapaz negava saber qualquer coisa a esse respeito. Os policiais encontraram também, entre a cama e o saco de roupa suja do desaventurado jovem, uma camisa e um lenço de pescoço, bordados com suas iniciais, ambos horrendamente manchados com sangue da vítima.

Foi nesse momento crítico que alguém anunciou que o cavalo do morto tinha acabado de expirar na estrebaria, em consequência do ferimento que havia recebido, e foi proposto pelo sr. Boaventura que se fizesse imediatamente uma autópsia do animal, com o objetivo, se possível, de encontrar a bala. Assim foi feito; e, como para demonstrar, acima de qualquer dúvida, a culpa do acusado, o sr. Boaventura, depois de uma busca considerável na cavidade torácica do animal, conseguiu localizar e extrair um projétil de tamanho extraordinário, que, submetido a testes, provou ser exatamente ajustável ao rifle do sr. Penásio Penin, e grande demais para a arma de qualquer outra pessoa do burgo ou dos arredores. Porém, para tornar as coisas ainda mais certas, descobriu-se que aquela bala tinha uma ranhura em ângulo reto com a sutura normal, e, novamente examinada, essa ranhura correspondeu com total exatidão a uma aresta acidental, uma pequena elevação presente num par de moldes tirados de balas que o próprio acusado reconheceu como de sua propriedade. Com a descoberta daquela bala, o juiz recusou-se a ouvir qualquer outro testemunho e ordenou a prisão imediata do suspeito até o julgamento, negando-se terminantemente a aceitar qualquer fiança para o caso, muito embora o sr. Boaventura, diante de tanta severidade, protestasse com a maior veemência e se oferecesse como fiador de qualquer quantia que fosse estipulada. Toda essa generosidade por parte de seu Carlinhos Boaventura continuava de acordo com o teor geral da conduta bondosa e cavalheiresca que havia demonstrado durante todo o período de sua residência no burgo de Guizo. No caso presente, o bom homem foi de tal forma tomado pelo calor da sua compaixão, que parecia ter se esquecido por completo, quando se ofereceu como fiador do seu jovem amigo, de que ele próprio (sr. Boaventura) não possuía um único centavo em propriedades na face da terra.

O resultado da ordem de prisão bem pode ser imaginado. O sr. Penásio Penin, em meio a violentas execrações de todo Guizoburgo, foi levado a julgamento na primeira sessão de júri, quando o conjunto de provas circunstanciais (reforçado por alguns fatos condenatórios adicionais, que a sensível consciência do sr. Boaventura proibiu que fossem ocultados do tribunal) foi considerado tão concreto e tão inteiramente conclusivo, que os membros do júri, sem sequer abandonar os assentos, deram de imediato o veredicto de "culpado de assassinato em primeiro grau". Logo depois o pobre infeliz recebeu sentença de morte e foi devolvido à prisão local, para lá aguardar a inexorável vingança da Lei.

Nesse meio-tempo, a nobre conduta de seu Carlinhos Boaventura o tinha feito duplamente estimado pelos honestos cidadãos do burgo. Tornou-se dez vezes mais o grande favorito de todos, e, como resultado natural da hospitalidade com que era tratado, relaxou, por força da situação, os hábitos extremamente parcimoniosos que a sua pobreza, até então, o tinha obrigado a observar, e, com muita frequência, passou a oferecer pequenas reuniões em sua casa, onde a espirituosidade e a jovialidade reinavam supremas — esmorecendo um pouco, é claro, com a lembrança ocasional do desaventurado e melancólico destino que pairava ameaçador sobre o sobrinho do finado, o saudoso amigo do generoso anfitrião.

Um belo dia, esse pródigo cavalheiro viu-se agradavelmente surpreendido com o recebimento da seguinte carta:

Cidade de _ _ _ _, 21 de junho de 18 _ _.

Excelentíssimo Sr. Carlos Boaventura,

Prezado Senhor,

Conforme pedido transmitido à nossa firma, há cerca de dois meses, por nosso estimado cliente, sr. Aparício Penagrande, temos a honra de despachar esta manhã, para o seu endereço, uma caixa tamanho grande de Château-Margaux, marca antílope, selo violeta. Caixa numerada e marcada como indicado abaixo.

Sem mais, subscrevemo-nos, gratos pela preferência, lembrando a V.Sa. que nossos serviços encontram-se sempre ao seu inteiro dispor.

Atenciosamente,
BARROS, **M**ATOS & **C**HARCOS Cia. Ltda.

P.S. – A caixa chegará de trem, um dia após o recebimento desta carta. Nossas lembranças ao Sr. Penagrande.
BM&C Cia. Ltda.

Chat. Marg. A – Nº 1. –
6 dúz. gar. (1/2 Grosa)
De BM&C Cia. Ltda.
Para o Exmo. Sr. Carlos Boaventura, Guizoburgo

O fato é que o sr. Boaventura, desde a morte do sr. Penagrande, havia perdido toda e qualquer esperança de algum dia vir a receber o prometido Château-Margaux; e, por isso mesmo, encarou o fato que ocorria *agora* como uma espécie de dádiva especial da Providência Divina em seu favor. Ficou extremamente encantado, é claro, e, na exuberância de sua alegria, convidou um grande número de amigos para um "singelo jantar" no dia seguinte, com o propósito de abrir o presente do saudoso Aparício Penagrande. Não que dissesse alguma coisa a respeito do "saudoso Aparício Penagrande" ao fazer os convites. O fato é que ele pensou bastante e concluiu que era melhor não dizer absolutamente nada. Não mencionou *nada* a ninguém — se bem me recordo — quanto a ter recebido o Château-Margaux *de presente*. Apenas pediu a seus amigos que fossem a sua casa e o ajudassem a beber um vinho nobre, de excelente qualidade e agradável *bouquet*, que tinha mandado buscar na cidade há uns dois meses e que ia chegar no dia seguinte. Muitas vezes indaguei a mim mesmo *por que* foi que seu Carlinhos chegou à conclusão de que era melhor não revelar que tinha recebido o vinho de seu velho amigo, mas nunca pude entender exatamente a razão do seu silêncio, se bem que *alguma* razão, nobre e excelente, sem dúvida, ele deveria ter.

E o dia seguinte, enfim, chegou, e com ele um enorme grupo de pessoas, altamente respeitáveis, à casa do sr. Boaventura. Na verdade, metade do burgo estava lá — eu mesmo estava entre os presentes —, mas, para grande embaraço do anfitrião, o Château-Margaux só chegou muito mais tarde, quando os convivas já tinham feito jus à suntuosa ceia oferecida por seu Carlinhos. Mas, finalmente, chegou — uma caixa imensa, diria até monstruosa —, e, como todo o grupo estivesse de muitíssimo bom humor, decidiu-se, por unanimidade, que a caixa seria colocada sobre a mesa e imediatamente destrinchada.

Dito e feito. Dei uma ajuda também, e em três tempos tínhamos a caixa sobre a mesa, em meio a todos os copos e garrafas, muitos dos quais acabaram se quebrando na confusão. Seu Carlinhos, já bastante embriagado, o rosto todo vermelho, sentou-se, então, num arremedo de dignidade, à cabeceira da mesa, e bateu furiosamente sobre ela com uma garrafa vazia, convidando todos a manterem a ordem "durante a cerimônia do desenterro do tesouro".

Depois de algum tempo, o vozerio foi finalmente amainando, e, como quase sempre acontece nessas ocasiões, seguiu-se um silêncio profundo e extraordinário. Sendo então chamado a abrir a tampa, aceitei, é claro, "com imenso prazer". Inseri um formão e, dando-lhe algumas ligeiras marteladas, fiz a tampa da caixa saltar de repente e, no mesmo instante, junto com a tampa, levantar-se e ficar sentado, olhando direto para o anfitrião, o ferido, ensanguentado e quase apodrecido cadáver do sr. Penagrande, o assassinado em carne e osso. Lá ficou ele por alguns segundos, com o olhar fixo e cheio de mágoa, os olhos mortos e sem brilho, fitando em cheio o rosto do sr. Boaventura; e então pronunciou, devagar mas com grande clareza e sentimento, as palavras "Tu és o homem!" e, em seguida, caindo para o lado, como se estivesse inteiramente satisfeito, teve um estremecimento e ficou durinho, braços e pernas, esticado sobre a mesa.

Impossível descrever a cena que se seguiu. A correria para portas e janelas foi uma coisa do outro mundo, e muitos dos *homens* mais robustos da sala desmaiaram no mesmo instante, de puro pavor. Mas depois da primeira explosão de terror, com gritos e berros desenfreados, todos os olhares se voltaram para o sr. Boaventura. Mesmo que viva mil anos, jamais esquecerei a mais que mortal agonia que se estampou naquele seu rosto fantasmagórico, antes tão rubro de vinho e de triunfo. Durante vários minutos permaneceu sentado, rígido como uma estátua de mármore; seus olhos, tão vago era o seu olhar, pareciam ter se voltado para dentro, absortos na contemplação da sua própria alma, miserável e assassina. Por fim sua expressão como que se acendeu subitamente para o mundo exterior quando, com um salto ágil, pulou da cadeira e, caindo pesadamente com a cabeça e os ombros sobre a mesa, encostado no cadáver, despejou uma confissão veemente e detalhada do horrendo crime pelo qual o sr. Penásio Penin tinha sido preso e condenado à morte.

O que ele narrou foi, em suma, o seguinte: seguiu sua vítima até as proximidades do charco; lá atirou no cavalo com uma pistola; despachou o cavaleiro com a coronha da arma; apossou-se de sua carteira; e, supondo que o cavalo estivesse morto, arrastou-o com grande esforço até os arbustos junto ao charco. Sobre seu próprio cavalo colocou o corpo do sr. Penagrande e assim o levou até um esconderijo seguro, bem longe, mata adentro.

O colete, o canivete, a carteira e a bala tinham sido colocados por ele próprio nos lugares onde foram encontrados, com a intenção de vingar-se do sr. Penásio Penin. Tinha também arquitetado a descoberta da camisa e do lenço manchados.

Já quase no fim daquele relato que fazia gelar o sangue, as palavras do miserável culpado começaram a falhar e tornaram-se gaguejantes e roucas. Quando a confissão finalmente se esgotou, ele se ergueu, cambaleou alguns passos para trás e caiu — *morto*.

* * *

Os meios pelos quais aquela confissão em boa hora pôde ser arrancada, embora eficazes, foram, na realidade, muito simples. A excessiva franqueza do sr. Boaventura tinha me desagradado e despertou minhas suspeitas desde o princípio. Eu estava presente na ocasião em que o sr. Penásio Penin o tinha esmurrado, e a expressão demoníaca que surgiu em seu rosto, embora momentânea, me fez ter a certeza de que sua ameaça de vingança seria, se possível, rigorosamente cumprida. Eu estava, pois, preparado para observar as manobras de seu Carlinhos sob outro ângulo, bem diferente daquele com que os bons cidadãos de Guizoburgo encaravam os fatos. Percebi de imediato que todas as descobertas incriminadoras surgiam dele, direta ou indiretamente. Mas o fato que claramente abriu os meus olhos à verdadeira situação do caso foi a questão da bala *encontrada* pelo sr. Boaventura na carcaça do cavalo. *Eu* não tinha esquecido, embora os guizoburgueses o tivessem, que havia um buraco por onde a bala tinha entrado no animal e outro por onde ela tinha *saído*. Se, então, foi encontrada no animal, depois de ter saído, vi claramente que só poderia ter sido ali colocada pela pessoa que a encontrou. A camisa e o lenço ensanguentados confirmavam a ideia sugerida pela bala; pois o sangue, ao ser examinado, provou ser nada mais que um bom vinho. Quando me pus a pensar sobre essas coisas, e também sobre o recente aumento da generosidade e das despesas por parte do sr. Boaventura, desenvolvi uma suspeita que, embora forte, guardei só para mim.

Nesse meio-tempo, iniciei uma busca rigorosa e solitária do cadáver do sr. Penagrande e, com bons motivos, procurei em lugares os mais diferentes possíveis daqueles a que o sr. Boaventura havia levado o seu grupo. O resultado foi que, depois de alguns dias, cheguei a um velho poço seco, cuja boca estava quase completamente escondida pela vegetação; e lá, no fundo do poço, descobri o que procurava.

Ora, ocorre que, casualmente, eu havia escutado a conversa entre os dois amigos, quando o sr. Boaventura conseguira persuadir o seu anfitrião a lhe prometer uma caixa de Château-Margaux. Foi com base nessa ideia que passei a agir. Arranjei um pedaço de barbatana de baleia, bem duro, enfiei-o na garganta do cadáver e coloquei este último dentro de uma velha caixa de vinho — tendo o cuidado de dobrar o corpo em dois, assim como a barbatana. Para tanto, tive que fazer forte pressão sobre a tampa para mantê-la fechada enquanto batia os pregos; e previ, é claro, que assim que estes fossem retirados, a tampa saltaria *para fora* e o corpo *para cima*.

Tendo assim preparado a caixa, marquei, numerei e enderecei a mesma, conforme já foi dito; escrevi então uma carta em nome dos fornecedores habituais do sr. Penagrande, e dei instruções ao meu criado para que levasse a caixa até a porta do sr. Boaventura, num carrinho de mão, a um sinal meu. Quanto às palavras que pretendi que fossem ditas pelo cadáver, confiei nas minhas habilidades de ventríloquo; e, quanto ao efeito dessas palavras, contava com a consciência do miserável assassino.

Creio que não resta mais nada a ser explicado. O sr. Penásio Penin foi solto no mesmo instante, herdou a fortuna do tio, aprendeu com as lições da experiência, virou uma nova página em sua vida e, desde então, viveu sua nova vida feliz para sempre.

Tradução Luiza Helena Martins Correia

Edgar Allan Poe foi um dos escritores mais influentes de toda a literatura moderna. Nascido em 1809, em Boston, filho de atores mambembes, ficou órfão aos 2 anos de idade, tendo sido adotado por um comerciante e sua esposa. Após vencer um concurso de contos, aos 24 anos, passou a ganhar a vida escrevendo para jornais e revistas. Foi o autor das primeiras histórias policiais modernas, lançando as principais características do gênero, e seu personagem, o detetive Auguste Dupin, tornou-se modelo para Sherlock Holmes e outros tantos que se seguiram. Faleceu em Baltimore, em 1849.

Jerônimo Monteiro

O fantasma da Quinta Avenida*

Jerônimo Monteiro

I. Aparece o fantasma

Dick Peter chegou à casa de Mary às oito horas da noite. O senhor Patrick havia saído numa viagem, e Dick foi introduzido no luxuoso salão de visitas.

Seus olhos não se despegavam da escadaria de mármore por onde Mary costumava descer com seu gracioso passo e um luminoso sorriso nos lábios.

Passaram-se cinco minutos, mas Dick não estranhou a demora... As mulheres, quando se trata de melhorar a sua beleza, não têm muita pressa...

De súbito, um grande grito encheu a casa toda. Era um grito de mulher, lancinante, terrível, que provocou no moço um forte estremecimento e lhe deu a viva intuição de que alguma desgraça acabava de acontecer.

* Este conto foi extraído do livro *Aventuras de Dick Peter* (1940). (N.E.)

Dick Peter era homem de ação e não demorou mais de dois segundos para entrar em atividade. Aos pulos, galgou a escadaria de mármore e chegou ao primeiro andar, onde eram situados os aposentos de Mary.

Lá em cima estava tudo em silêncio, mas, de baixo, vinha o ruído do tropel dos criados que corriam para ver o que teria acontecido na casa sempre tão calma.

A porta do quarto de Mary estava fechada por dentro, e Dick descarregou sobre ela uma forte pancada.

Ninguém respondeu. Nesse momento, os criados chegavam ao lado de Dick, falando todos ao mesmo tempo, assustados, desorientados e cheios de medo.

— Silêncio! — gritou Dick. — Onde está a governante?

Uma senhora idosa, trêmula e pálida de medo, aproximou-se.

— Onde está a chave deste quarto?

— Está lá embaixo...

— Vá buscá-la! Depressa!

A mulherzinha pôs-se a descer a escadaria, o mais rapidamente que lhe permitiam as suas velhas e entorpecidas pernas.

Mas Dick não podia esperar. A sua impaciência era grande demais. Fazendo recuar a criadagem, afastou-se alguns passos e atirou o corpo contra a porta. Houve um forte estalido. Mas a porta ainda não cedera. Dick afastou-se novamente e atirou-se com a maior força que possuía. Desta vez, a porta abriu-se com violência, arrancando lascas do batente.

Os criados iam precipitar-se para dentro, mas Dick fê-los parar com um gesto, e entrou sozinho.

Dentro do quarto, Mary estava estendida no chão, pálida como um cadáver e segurando ainda na mão crispada um arminho de pó de arroz.

Nada mais.

Os móveis em perfeita ordem, e a janela aberta para a noite negra e silenciosa.

Dick abaixou-se e procurou sentir o coração da moça. Pareceu-lhe que ele não batia mais; insistindo, no entanto, sentiu que o coração lhe pulsava ainda, embora levemente.

Ajoelhado ainda sobre o corpo, voltou-se e gritou para os criados:

— Vão chamar um médico, depressa!

Imediatamente, dois criados se atiraram pela escada abaixo.

Enquanto isso, Dick levantou o corpo de Mary como se ela fosse uma boneca e depositou-o sobre o leito, pondo-se a friccionar-lhe ansiosamente as mãos.

Depois, mandou vir um copo de água, que foi derramando, gota a gota, entre os descorados lábios de sua amada.

Alguns minutos depois, entrava no quarto o dr. Sammy Cave, que morava no palacete vizinho.

— Que aconteceu aqui? — foi ele perguntando com sua voz fanhosa.

— Não sei, doutor. Eu estava lá embaixo, quando ouvi um grito e corri para cima, vindo encontrar a senhorita Mary neste estado, estendida no chão.

Enquanto falava, Dick ia examinando a fisionomia do médico, e não ficou gostando muito dele. Com seu corpo atarracado, com sua voz fanhosa, seus olhos amortecidos e sua barbicha em ponta, o dr. Cave tinha, realmente, no aspecto qualquer coisa de repulsivo que impressionava mal logo à primeira vista. Dick, porém, procurou esquecer-se disso, para pensar somente em Mary e nos cuidados de que ela precisava.

Depois de ter examinado a moça o dr. Cave voltou para Dick os seus olhos amortecidos e disse:

— Não é coisa de importância. Ela deve ter sofrido um susto qualquer e perdeu os sentidos. Mas ficará logo boa. Depois, com 24 horas de repouso, não terá mais nada.

Em seguida, receitou qualquer coisa, dizendo a Dick:

— Enquanto o remédio não chegar, não lhe façam nada. Deixem-na em repouso.

— Mas eu não vou deixá-la aqui sozinha...

— É melhor deixá-la — disse o médico.

— Bem — respondeu Dick contrariado. — Se acha isso necessário, sairei.

E todos se retiraram, descendo as escadas. Dick, no entanto, preso por um pressentimento qualquer, não foi para baixo. Colocou uma poltrona ao lado da porta do quarto e sentou-se ali, para velar.

Alguma coisa má lhe apertava o coração. Dir-se-ia que um mal-estar, pouco a pouco, dominava todo o seu ser.

Sentado na sua poltrona, ele apurava cuidadosamente o ouvido, para surpreender qualquer rumor, e nem sabia por que fazia isso.

Assim se passou meia hora.

Por fim, a tensão nervosa de Dick tornou-se tão violenta que ele não pôde suportar mais. Levantou-se e, com o máximo cuidado, entreabriu a porta. A princípio, a meia-luz que reinava dentro do quarto, em contraste com a iluminação forte do corredor, não o deixou ver nada.

De repente, porém, pareceu-lhe que havia um vulto branco junto à janela. Era um vulto alto, de formas indefinidas.

Pensou que poderia ser Mary delirando, e chamou:

— Mary!

Imediatamente o vulto teve um sobressalto e fez um gesto, como quem vai saltar a janela. Nesse mesmo instante, Dick, olhando para o leito, viu que Mary continuava estendida na cama. E viu também que o vulto trazia um lençol, ou coisa parecida, atirado pela cabeça, cobrindo-lhe o corpo todo.

Então, Dick abriu completamente a porta e avançou.

O fantasma deu outro impulso para saltar a janela.

Dick, rápido como um raio, puxou do revólver e atirou sobre ele. A fumaça escureceu tudo, mas Dick viu ainda o fantasma pular a janela, desaparecendo instantaneamente.

II. A morte de Bob

Vendo o vulto cair, Dick Peter não perdeu tempo. Dirigiu-se para a porta e, ao sair, esbarrou com os criados, que vinham novamente subindo, espavoridos com aquele tiro.

— Fiquem aqui dois homens e a governante — disse Dick —, e os outros desçam comigo.

Ele não parou para dar aquela ordem. Quando terminou a frase, já estava embaixo da escada. Dois homens partiram atrás dele e, em menos de um minuto, estavam os três no parque, ao fundo da casa, para onde dava a janela do quarto de Mary.

— Estava um vulto dentro do quarto — explicou Dick aos homens —, eu atirei e ele caiu para fora. Deve andar por aqui.

E os três homens puseram-se a procurar o vulto, que, forçosamente, devia estar ferido.

Mas, por mais que procurassem, nada encontraram. Esquadrinharam o parque todo, foram até os altos muros que o separavam da rua, sem conseguir descobrir rasto algum do misterioso vulto.

— Ora esta! — dizia Dick intrigado. — Eu tenho a certeza de ter visado um vulto. Pode ser que a bala não lhe tenha pegado, mas fatalmente ele deve ter-se atirado da janela. Não há escada alguma... Por onde diabo teria ele sumido?

Os três homens reuniram-se novamente sob a janela, procurando vestígios no chão. Um dos criados foi buscar uma lanterna elétrica, e começaram uma investigação meticulosa nos arredores.

É verdade que não se poderiam encontrar sinais de pés, porque um passeio de cimento, de dois metros de largura, rodeava o edifício todo. Ao lado desse passeio havia uma alameda asfaltada, estendendo-se em seguida o gramado.

Mas, se não era fácil encontrar-se sinais de pés, Dick esperava encontrar pingos de sangue, ou outra qualquer coisa. Mas nada encontrou. Nem o mínimo sinal que lhe fornecesse qualquer indício sobre o extraordinário desaparecimento.

De repente, Dick levantou os olhos e começou a pensar numa coisa: como poderia o vulto ter subido até à janela? A altura não era muita, apenas uns cinco metros, mas as paredes eram lisas, sem ornamento algum onde uma pessoa se pudesse firmar. Por baixo da janela do quarto de Mary havia apenas um vitral encaixado, que dava para a escada de serviço. Por ali ninguém poderia ter subido. O olhar de Dick fixou-se no fio do para-raios, que descia ao lado da janela. Mas como poderia um homem trepar ali? E Dick experimentou subir, não o conseguindo. O arame cortava as mãos e a pele queimava ao escorregar.

— Por aqui, ele não pôde subir — disse Dick.

— Só se ele foi voando — disse um dos criados.

Dick lançou-lhe um olhar de mau humor. O momento não era para brincadeiras.

O outro criado, com o terror estampado no rosto, murmurou:

— Quem sabe se era um fantasma?

— Qual fantasma, nem meio fantasma! Quem é que acredita em fantasmas?

— Sim — balbuciou o criado nervoso —, mas ele não pôde subir nem descer por aqui. Sumiu. O senhor deu-lhe um tiro, e não o feriu... Isso só pode acontecer com um fantasma...

Dick viu que, a seu pesar, teria que aceitar aquela hipótese absurda, se não encontrasse a explicação racional do caso.

Vendo que nada lhe adiantava andar por ali de um lado para outro resolveu subir, para ver como Mary ia passando.

Ela estava voltando a si, com o semblante ainda alterado pelo terror.

Vendo o noivo, agarrou-se a ele desesperadamente. Parecia procurar proteção escondendo a sua cabecinha loura no largo peito de Dick Peter.

— Vamos, querida, vamos... Já passou tudo... Que lhe aconteceu?

— Dick! Que coisa horrível — repetia ela cheia de medo. — Que coisa horrível! Parece até que foi um pesadelo!

— Não pense mais nisso, querida. O que você viu foi uma alucinação...

— Não foi, Dick. Eu vi!

— Mas viu o quê? Pois não havia coisa alguma aqui!

— Havia, sim, Dick. Eu vi. Que horror!

— Seja razoável, Mary. Estamos no coração da maior cidade do mundo, e você vê coisas que só se justificariam numa aldeia de cafres! Que foi que você viu, afinal?

— Um fantasma. Eu estava passando pó de arroz quando, pelo espelho, vi qualquer coisa que se movia junto da janela. Fiquei gelada, e o meu coração parou. Mas voltei-me rapidamente e vi um vulto branco, um fantasma!...

— Ora, Mary, vamos, raciocine. Você bem sabe que essas histórias de fantasmas são tolices. Você teve uma alucinação. Procure dormir, e tudo passará. Amanhã, com a luz do sol, você rirá desses sustos...

— Não, Dick. Nunca mais me esquecerei disto!

— Sossegue. Procure dormir.

— Você não sairá daqui, não, Dick? Tenho tanto medo...

— Não. Não sairei. Procure dormir.

Mary ajeitou-se na cama, e Dick arrastou uma poltrona para junto do leito, instalando-se nela.

Os criados retiraram-se e um deles, Bob, a uma ordem de Dick, sentou-se do lado de fora da porta, onde Dick estivera havia pouco.

Ao contrário do que esperava, Mary não tardou em adormecer. Meia hora depois de haver trocado com Dick as últimas palavras, já dormia. Mas era um sono agitado.

Quando percebeu que Mary dormia, Dick levantou-se da poltrona e foi até à janela. Olhou para fora, sem ver nada de suspeito. Depois, olhou para o chão, por acaso. E teve um sobressalto. Havia sobre o tapete uma coisa que o deixou estupefato: era a bala deflagrada do seu revólver. Apanhou-a e examinou-a. Estava perfeita, sem um arranhão, sem uma amolgadura. Dick estava completamente tonto. Como poderia ter acontecido aquilo?

De repente, ele teve uma ideia. Pôs a bala no bolso do colete e saiu do quarto. Na porta, falou a Bob, em voz baixa:

— Bob, eu vou sair, e talvez demore... Talvez só volte pela manhã... Você, fique lá dentro do quarto, sentado onde eu estava. Não adormeça, porque a gente nunca sabe o que pode acontecer. A coisa não está muito boa, não...

Bob não disse uma palavra. Entrou no quarto e tomou o lugar de Dick.

Então, mais sossegado, Dick desceu pela escadaria, e, pouco depois, os pesados portões do parque batiam.

Bob não era homem que tivesse medo. Achava toda aquela história absurda e não se sentia, de modo algum, aterrorizado, como pareciam todos os outros.

Por isso, comodamente sentado, tirou do bolso um livro de capa vermelha, que começou a ler com todo o interesse.

Leu durante uma hora. Depois, o sono veio chegando insidiosamente. Bob foi até a janela e, por descargo de consciência, examinou os arredores. A calma da noite era completa. Não se ouvia ruído algum, fora o barulho de costume da cidade, que, para quem está habituado, não se conta.

Depois de examinar tudo, voltou à poltrona, disposto a dormir, certo de que não havia perigo algum por perto.

Estendeu as pernas, guardou o livro no bolso e descansou a nuca sobre o encosto da poltrona, fechando em seguida os olhos.

Agora, dentro do enorme palacete, o silêncio era completo.

Mary, de vez em quando, era levemente agitada por algum sonho mau. Bob, de frente para a janela, pernas estendidas, mãos cruzadas sobre o ventre, cabeça recostada para trás, dormia na maior das venturas.

E os minutos foram-se passando.

No meio do silêncio, de repente ouviram-se as pancadas de um carrilhão batendo os quartos, seguidos de uma pancada sonora, trêmula, prolongada.

O som do carrilhão tremulava ainda no ar, quando a janela que Bob se esquecera de fechar começou a mover-se...

E um vulto branco, enorme, apareceu. O seu rosto estava coberto. Depois, lentamente, o vulto ergueu a mão que segurava um tubo de taquara, e levou a ponta do tubo à boca.

Ouviu-se um leve sibilar, e Bob teve um estremecimento violento.

Em seguida, a cabeça do criado moveu-se para diante e pendeu pesadamente sobre o peito, enquanto o seu rosto se encobria com as cores sombrias da morte...

III. A polícia faz perguntas

Assim que a cabeça de Bob pendeu pesadamente sobre o peito, o fantasma penetrou no quarto e foi direito a ele. Pegou-lhe no queixo e levantou-lhe a cabeça.

No mesmo instante, fez um gesto de contrariedade e largou a cabeça, que tornou a pender, inerme. Evidentemente, ele não esperava ver Bob morto, mas outra pessoa...

Em seguida, o vulto apanhou uma pequena seta que estava caída sobre as pernas do morto e guardou-a sob o pano que o cobria. Feito isso, voltou-se para a moça adormecida.

O semblante de Mary estava pálido e as suas feições deixavam adivinhar que havia dentro de seu peito uma grande agitação.

O fantasma pareceu hesitar. Durante alguns segundos o seu corpo balançou levemente entre a cama e a poltrona. Ora parecia querer abaixar-se para o morto, ora parecia decidido a dirigir-se ao leito.

Nesse momento, ouviram-se passos subindo a escada.

O vulto hesitou ainda um instante, depois correndo para a janela pulou-a, desaparecendo.

Quase imediatamente depois, a porta abriu-se e Dick Peter entrou. Olhando para Bob, Dick ficou contrariado, e resmungou:

— Seu malandro... esqueceu o seu dever... adormeceu... — E aproximando-se de Bob pôs-lhe a mão sobre o ombro, sacudindo-o. Mas o corpo do pobre criado curvou-se todo sobre si mesmo e rolou para o chão.

Dick Peter, a custo, susteve um grito. Abaixou-se e examinou o corpo caído, verificando que o homem estava morto.

E o seu rosto empalideceu de raiva e terror.

— Agora, a coisa é mais séria — disse ele em voz alta — temos um morto... Pobre Bob... Agora, é pior...

Levantou-se, percorreu o quarto com os olhos, dando com o telefone. Dirigiu-se a ele rapidamente, e discou.

— Alô! Ponha-me em comunicação com a Polícia... rapidamente... Sim...

— Alô! Alô! É o Chefe de Polícia? Sim? Perfeitamente. Aqui é da casa de Mister Olivian Patrick, Quinta Avenida, 202. Acaba de ser cometido um crime... Perfeitamente... Já? Muito bem... Quem está falando aqui é Dick Peter...

Dick tornou a pousar o aparelho e apertou o botão da campainha que se achava ao lado dele.

Pouco depois, a velha governante aparecia envolvida num *peignoir*, e com os olhos vermelhos.

— Pronto — ia ela dizendo, mas, ao ver o corpo de Bob estendido no chão, deu um grito, apavorada.

— Deus do céu! Que aconteceu?

— Psiu! Não a acorde! — disse Dick olhando ansiosamente para Mary adormecida.

A velha governante levou as mãos à boca, como para se impedir de gritar, e arregalou tanto os olhos que eles pareciam querer saltar das órbitas.

— Meu Deus! Meu Deus! — gemia ela. — Como foi isto? Que aconteceu aqui?

— Silêncio! — recomendou Dick. — Não se ponha nervosa. Os outros criados estão dormindo?

— Estão, sim. Céus! Que coisa horrível!

— Bem. Deixe-se de lamentações. Vá lá para baixo e espere os homens da Polícia, que vão chegar. Quando entrarem, traga-os aqui para cima. Compreendeu bem? Então, vá.

A velha parecia estar com os pés presos ao soalho, mas arrancou-se, afinal, e foi descendo.

Dick abaixou-se junto ao corpo de Bob e pôs-se a examiná-lo cuidadosamente, sem lhe tocar. Foi assim que viu uma pequena mancha arroxeada no seu pescoço, acima do colarinho.

— Uma zarabatana — murmurou. — Mataram-no com uma zarabatana... Quem será o criminoso?... Deve ser o tal fantasma...

Ah! Se eu o agarrar!... E isso talvez fosse para mim... A desgraça de Bob, naturalmente, foi estar dormindo com a cabeça voltada para trás. O criminoso não lhe pôde ver a fisionomia, e teve um excelente alvo no pescoço... Se lhe tivesse visto a cara, talvez não o matasse...

Nesse momento, ouviram-se passos embaixo. Eram os homens da Polícia, que chegavam. Passos apressados subiram a escadaria, e três homens apareceram à porta.

Um deles adiantou-se e disse:

— É o sr. Dick Peter?

— Sim. Estou falando com o inspetor Morris, não é?

— Perfeitamente, sr. Dick. Que se passou aqui?

—Têm-se passado coisas extraordinárias nesta casa, desde ontem à noite...

— Bem, conte o que sabe, em ordem.

Dick Peter, vagarosamente, contou tudo o que se passara desde as oito horas da noite, e que nós já conhecemos bem, até o encontro do cadáver de Bob.

— Mas — perguntou o inspetor —por que saiu o senhor, deixando Bob aqui? Que foi fazer?

E o olhar do inspetor fixava-se duramente em Dick Peter. Dick pareceu ficar um tanto perturbado e respondeu:

— O senhor conhece-me, inspetor. Peço licença, por enquanto, para não dizer nada sobre isso. Preciso de mais algum tempo para poder confirmar uma suspeita. Então terei todo o prazer em comunicar-lho.

O inspetor olhou para ele desconfiado, mas não insistiu.

Dick, metendo a mão no bolso, tirou a bala que recolhera de sobre o tapete e apresentou-a ao inspetor Morris.

— Foi essa bala que eu atirei no fantasma...

Morris pegou no pequeno pedaço de chumbo, muito interessado. Viu que ele não tinha amolgadura alguma, e passou-o ao outro policial que estava ao seu lado.

— Que lhe parece isto, sargento? — perguntou ele.

— Realmente — falou o outro examinando a bala —, isto é interessantíssimo... Sr. Dick, tem aí a arma com que deu este tiro?

— Sim — respondeu Dick, entregando uma arma ao sargento.

— Permita-me que a guarde, por algum tempo...

— Bem — disse o inspetor Morris, dirigindo-se à velha governante, que ainda tremia —, acorde todos os criados e mande-os ficar lá embaixo. Vamos interrogá-los.

Depois, para um dos homens:

— Doutor, faça o favor de examinar esse homem. — E, dirigindo-se para outro, acrescentou: — Sargento, vá lá para fora e proceda às investigações necessárias. Eu vou examinar este quarto e, depois, interrogarei os criados.

O médico abaixou-se sobre o cadáver de Bob, e o sargento saiu. Então, Dick, dirigindo-se ao médico, falou:

— Doutor, seria bom tirar daqui a senhorita Mary. Ela já sofreu um grande abalo hoje e o seu médico disse que ela não pode sofrer mais comoções. Se acordar... O senhor podia dar-lhe uma pequena quantidade de narcótico, para que possamos transportá-la para outro quarto, sem que ela sinta.

O médico interrogou o inspetor Morris, que nada teve a opor. Pouco depois, Mary era transportada para um aposento próximo.

Quando Dick tornou a entrar no quarto, Morris estava em franca atividade, examinando tudo com uma lente.

— O criminoso usava luvas... — resmungava ele. — Não deixou rasto algum...

Pouco depois, o médico informava:

— O homem morreu há cerca de uma hora. Foi ferido por uma seta embebida em veneno violento.

— Mais nada, doutor?

— Mais nada.

— Então, faça o favor de descer e mandar aqui o fotógrafo.

Pouco depois, o fotógrafo subia e batia mais de uma dúzia de chapas, sob a direção de Morris. Feito esse serviço, ele desceu com um recado do inspetor para que fosse um homem à casa do dr. Cave, mandando-o ir à delegacia. Tendo feito isso, o inspetor e Dick ficaram novamente a sós. De repente, Morris perguntou a Dick:

— Onde está o sr. Patrick?

— O pai de Mary foi a Boston, a negócio...

— Fale-me sobre ele.

Dick hesitou. O pai de Mary não era um exemplo de carinho nem parecia gostar muito do lar, vivendo uma vida aparentemente atormentada. Mary, no entanto, amava-o muito, apesar das suas qualidades de usurário, para que Dick pudesse falar com franqueza. Desse modo, desculpou-se, dizendo que o não conhecia o suficiente para falar.

Então, olhando-o fixamente, o inspetor disse:

— O senhor sabe quem é o fantasma!

Dick ia dizer alguma coisa, mas o inspetor repetiu:

— O senhor sabe quem é o fantasma. Diga-o!

IV. Esclarece-se o mistério da bala

Dick Peter a princípio ficou espantado com a pergunta do inspetor, mas, logo, percebendo que ele aplicava um truque, sorriu e respondeu:

— Não, inspetor. Está enganado. Eu tenho, realmente, as minhas desconfianças, mas não quero comprometer ninguém sem provas. Penso que amanhã já lhe poderei dizer qualquer coisa de positivo. Por enquanto, não tenho senão suspeitas, e suspeitas não podem condenar...

O inspetor não insistiu. Sabia que, quando Dick fazia uma promessa, cumpria-a.

Então, um dos seus auxiliares entrou no quarto, acompanhado do dr. Cave.

O inspetor fez várias perguntas ao velho médico de voz fanhosa, obtendo sempre respostas positivas. Quando lhe perguntou onde estivera depois de ter visitado Mary, ele declarou que estivera em sua casa, acrescentando:

— Não sei por que me vieram incomodar a esta hora. Parece que suspeitam de mim... Por que havia eu de matar este pobre homem?

— É o que procuramos saber.

—Bem, mas não serei eu quem o possa informar. Eu não tenho nada com esta história, e peço que me deixem sossegado.

Nesse momento, ouviram-se passos precipitados subindo a escada. Era o pai de Mary que chegava. Vinha assustado.

— Que é isso? Que aconteceu em minha casa? Que é isso? Bob morto? Oh! Quem fez este crime horrível? Senhores! Quero saber o que se está passando aqui! Onde está minha filha?

Dick Peter ouvia aquela catadupa de palavras sem se impressionar, achando que era exagerado o seu desespero. Ele sabia que o sr. Patrick era impassível como uma máquina. E o pai de Mary voltou-se para ele, dizendo:

— Sr. Dick, explique-me o que está acontecendo!

— Pouca coisa, por enquanto, sr. Patrick. Receio que tenha que haver mais ainda. Apareceu um fantasma à sua filha, decerto querendo matá-la, mas não conseguiu o seu fim. Depois, voltou e matou Bob. Por enquanto, é só.

— Só? Diz o senhor! E espera mais alguma coisa? Está louco! Que história de fantasma é essa?

— Por enquanto, somos obrigados a chamá-lo assim, porque surge em janelas que ninguém pode alcançar, desaparece sem deixar vestígios, e não é atingido pelas balas.

O inspetor, que estivera observando o sr. Patrick sem dizer nada, perguntou de repente:

— Sr. Patrick, queira nos responder a algumas perguntas: onde esteve desde ontem?

— Em Boston, fiz uma viagem de negócio.

— Bem. Não tem uma ideia de quem possa desejar a morte de sua filha?

— De minha filha? Mas, não! Quem poderia querer fazer mal a minha querida Mary? Ela não pode ter inimigos!

— Conhece o dr. Cave?

— O nosso vizinho? Muito pouco. Ele não frequenta a nossa casa.

— Bem. Depois veremos melhor estes pontos. Sargento, vá com o dr. Cave lá para baixo e reúna os criados. Com licença, senhores. Peço que não se afastem, por enquanto. Talvez precisemos ainda trocar ideias...

E o inspetor desceu atrás dos outros.

Dick Peter e o pai de Mary estavam sentados um diante do outro, preocupados e com evidentes sinais de cansaço.

Olivian olhava fixamente para o tapete e Dick examinava-lhe a fisionomia com grande interesse.

De repente, Olivian levantou os olhos, deu com o olhar de Dick, pareceu perturbar-se um pouco, e perguntou:

— Onde está a minha filha?

— No seu quarto.

— Ela não sofreu nada?

— Não. Só o susto.

— Com licença. Vou vê-la. — E Olivian levantou-se, saindo do quarto. Dick, logo depois, saiu também e dirigiu-se para baixo, onde o inspetor Morris continuava a interrogar os criados.

— Ainda nada conseguimos — disse Morris a Dick Peter. — O crime foi, evidentemente, cometido por alguém da casa, pois não havia tempo para sair do prédio. Minhas suspeitas recaem sobre o *chauffeur* e o dr. Cave, que mora no prédio pegado a este. Que lhe parece?

— Nada posso dizer, inspetor, mas tenho a impressão de que nenhum dos dois tem nada que ver com isto...

— Por que afirma tal coisa?

— Eu não afirmo nada. É simples impressão.

Mas, interiormente, Dick estava certo da inocência dos dois homens. O dr. Cave tinha, realmente, um aspecto desagradável e misterioso, mas isso não era suficiente para se culpar um homem.

— Além disso — continuou o inspetor —, o senhor não disse ainda onde esteve enquanto Bob era assassinado. Tinha saído uma hora antes. Onde esteve?

Dick hesitou por um momento, mas respondeu:

— Bem. Vou dizer-lhe o que fui fazer. Fui à redação da revista *Mundo Novo*.

— Para quê?

— É simples. Porque, quando apanhei a bala no chão, aquela bala que eu atirara contra o vulto, fiquei estupefato com o caso, mas lembrei-me de ter lido numa revista uma notícia sobre a invenção de um tecido impossível de ser perfurado com tiros. Olhe, aqui está ela.

E Dick enfiou a mão no bolso tirando um recorte de papel, que entregou ao inspetor. Este leu em voz alta: "Experiências extraordinárias com um novo tecido — Ontem esteve nesta redação o sr. Harry Brown, que fez experiências com um extraordinário tecido, de sua invenção. Este tecido, feito de uma fibra elástica, não é perfurado nem por tiros de fuzil. Trata-se de uma composição sintética, que cede ao contato da bala, sem se perfurar, amortecendo completamente a força do projétil. O sr. Brown espera aperfeiçoar o seu tecido a ponto de permitir que se fabriquem com ele roupas comuns. Por enquanto, ele apenas conseguiu produzi-lo em lençóis que não permitem costuras".

— Aqui está a chave! — disse o inspetor arregalando os olhos. — De quando é esta revista?

— De 1936.

— Um ano! E não se falou mais nesse tal Brown?

— Nunca mais, que eu saiba. Eu o conheci pessoalmente, parece-me que ele vendeu o seu invento e foi para fora do país.

— De quem é a revista que publicou isto?

— É a *Mundo Novo*, do sr. Patrick.

— Muito bem. Deixe-me ficar com este recorte.

Depois, voltando-se, o inspetor deu de cara com o sr. Patrick, que estava atrás deles.

— Não encontrou nada, senhor inspetor? — perguntou o pai de Mary.

— Nada, mas parece que vamos encontrar o fio da meada. Depois falarei consigo a esse respeito. Agora, vamos sair. Sargento, notifique o *chauffeur* e o dr. Cave para que vão à delegacia amanhã. E vamo-nos embora, que esta gente precisa descansar.

Pouco depois, todos tinham saído, ficando Dick Peter e Olivian Patrick a sós, no salão.

Ambos se mantiveram em silêncio durante algum tempo. Depois, Dick falou:

— Não desconfia de ninguém, sr. Patrick?

— Não. Mas esse dr. Cave tem mesmo uma cara esquisita, não lhe parece?

— O que me parece, sr. Patrick, é que há muita gente com a cara esquisita e incapaz de praticar qualquer mal, assim como há muitos outros com cara de inocentes e capazes de tudo. Não lhe parece?

— Mas por que diz isso?

— Porque é o que mais frequentemente se vê.

— Mas, no caso presente, quem poderia ter interesse em fazer mal a minha filha? Um anjo que não pode ter inimigos...

— É, realmente, esquisito. Por enquanto, nada se pode dizer. Esperemos mais algum tempo, e tudo ficará esclarecido.

— Faço votos. Bem, sr. Dick, precisamos descansar. Principalmente o senhor, que trabalhou tanto...

— Realmente — disse Dick levantando-se. — Ambos precisamos bem dum descanso. Boa noite, sr. Patrick.

Os dois homens trocaram um aperto de mão e Dick retirou-se.

Nessa hora, já estava clareando o dia.

Dick, porém, ao sair, não se dirigiu para sua casa. Apenas chegado ao portão, tornou a entrar e escondeu-se no parque que rodeava a residência do sr. Patrick. Ele estava certo de que alguma coisa ainda havia de acontecer naquela madrugada.

O parque estava imerso nas sombras.

Dick foi caminhando junto ao muro, até em frente dos aposentos de Olivian e de sua filha, e ficou a observar, do seu escuro abrigo, as duas janelas iluminadas.

V. *O fantasma ataca Dick Peter*

Durante algum tempo, nada notou de anormal.

Mas, pouco depois, pareceu-lhe que um vulto andava no quarto de Mary.

O seu coração começou a pulsar fortemente. Por duas vezes o vulto veio à janela, espiou para fora, pondo-se a andar novamente no quarto de um lado para outro.

Dick não pôde distinguir a fisionomia da pessoa que andava lá em cima, mas estava certo de que não podia ser outro senão o pai de Mary.

Aliás, isso nada tinha de espantoso. O homem, naturalmente, andava à procura de vestígios do drama que ali se desenrolara fazia ainda poucas horas.

Depois, as luzes apagaram-se, ficando apenas as janelas do quarto de Olivian iluminadas por uma luz muito fraca.

Dick Peter, enquanto examinava aquele movimento, torturava o cérebro para descobrir como poderia ter o criminoso subido até à janela do primeiro andar, e, sobretudo, como poderia desaparecer tão rapidamente.

De repente, notou que a porta da frente da casa se abria e que um vulto passava para fora, acendendo uma lanterna elétrica. Era Olivian Patrick. Ele veio chegando e pôs-se a examinar o chão, por baixo das janelas, como Dick já fizera com os criados.

O moço acompanhava com grande interesse aquele trabalho, procurando adivinhar o que fazia ali o pai de Mary. Viu que Olivian se abaixava como quem procura alguma coisa com grande interesse. Depois, como ele se afastasse, Dick deu um passo para poder continuar a vê-lo. Nesse momento, porém, pisou numa lata que estava no chão, fazendo um ruído bastante forte. O sr. Olivian voltou-se imediatamente, gritando:

— Quem está aí? — e, tirando o revólver, avançou para Dick. Este, porém, saiu ao seu encontro dizendo:

— Sou eu. Dick Peter.

— Que faz aqui? — perguntou o velho.

— Estou esperando que aconteça alguma coisa.

— Ah! Boa ideia...

— E o senhor? Que fazia?

— Eu procurava vestígios. Pode ser que alguma coisa tenha escapado à Polícia... Bom, vou para dentro. O senhor vai continuar vigiando?

— Não. Penso que já não é preciso. O sol vai nascer. É melhor ir dormir. Mais uma vez, boa noite, sr. Olivian.

— Boa noite, sr. Dick Peter.

Ambos os homens seguiram até o portão e Olivian ficou olhando Dick Peter, que se afastava a passos rápidos. Quando o moço desapareceu ao longe, Olivian voltou para casa, entrou e fechou-se em seu quarto.

Ainda desta vez, no entanto, Dick não foi direito para casa. Ficou rondando por perto do palacete, na expectativa de algum acontecimento. E não foi baldada a sua esperança, porque, passados alguns minutos, o portão abria-se e um homem saía dele, levando na mão uma volumosa pasta de couro.

Dick Peter não hesitou. Compreendeu imediatamente o que estava para acontecer e, correndo a um posto de táxis, tomou um automóvel e voou para casa.

Lá chegando, enfiou-se rapidamente sob as cobertas e tomou a atitude de quem dorme profundamente.

Mas os seus olhos, bem abertos, perscrutavam a porta que deixara apenas encostada.

Quinze minutos mais tarde, ouviam-se passos levíssimos que subiam a escada lentamente.

Depois, a porta entreabriu-se e um vulto apareceu.

Era o fantasma. Lá estava o seu lençol branco atirado sobre a cabeça.

Dick sentiu um calafrio ao pensar na zarabatana, a horrível arma de que aquele monstro se utilizava para abater as suas vítimas.

Por isso, resolveu não esperar pelo golpe.

Deu um salto da cama, atirando-se contra o vulto que avançava para o seu leito.

Nenhum dos dois gritou. Houve apenas um ruído surdo, um ranger de dentes, que deixava compreender a raiva com que os dois homens se haviam agarrado.

Dick esforçava-se para levantar o lençol que cobria o corpo e o rosto do outro, mas, prevendo isso, o fantasma agarrara-se estreitamente ao moço, impedindo-o de realizar o seu intento.

Durante alguns segundos, lutaram de pé, torcendo-se, esforçando-se, cada um, por dominar o seu adversário. Mas as forças de ambos equilibravam-se.

Assim foram lutando, de um lado para outro, até que Dick tropeçou no tapete, caindo com o outro por cima.

O vulto deixou escapar um som rouco de alegria, e levou as mãos ao pescoço do moço.

Dick, desesperado, conseguiu livrar um braço e aplicou um soco no queixo do inimigo, que rolou para o lado.

O moço atirou-se imediatamente sobre ele, desferindo-lhe grande quantidade de socos no rosto. Mas o fantasma não era fácil de se vencer. Enfiou um cotovelo violentamente no estômago de Dick, fazendo-o perder as forças. Dick largou o vulto e pôs-se de joelhos. O outro aproveitou a ocasião para tirar um punhal de sob o lençol levantando-o sobre o rapaz. Dick Peter viu-se perdido. Agarrou furiosamente o braço do fantasma, tentando deter o golpe. Durante alguns segundos, ficaram assim, ambos de joelhos, um esforçando-se para enterrar o punhal, e o outro pondo toda a sua força na mão que segurava o braço assassino. Mas Dick não podia mais. Num último esforço, afastou o corpo, no momento em que o punhal já lhe tocava as roupas, na altura do coração, enterrando-se na carteira de couro que trazia no bolso, e resvalando de modo a feri-lo muito pouco. Nesse momento Dick resolveu apelar para um último recurso: a astúcia. Deu um grito, como se estivesse mortalmente ferido, e abandonou o corpo, caindo pesadamente.

O fantasma ainda hesitou durante um segundo. Depois, vendo que o grito do moço iria atrair gente dos outros apartamentos, retirou rapidamente o punhal, guardou-o e fugiu às pressas, pela porta.

Apenas saíra, Dick levantou-se e fechou a porta indo em seguida à janela que dava para fora, vendo o homem que atravessava a rua, com a sua pasta de couro bem cheia. Ali, naquela pasta, devia estar o lençol impermeável às balas.

Nisto, bateram à porta.

Era o zelador do prédio que ouvira o grito e vinha ver o que acontecia.

— Nada — disse Dick —, tive um pesadelo e acordei gritando.

Satisfeito, o homem retirou-se.

Dick preparou-se para sair novamente. Passando pelo zelador, na escada, disse:

— Não posso dormir. Vou dar um passeio pela cidade. Talvez me refresque as ideias.

Lá chegando, procurou Morris, que dormia no seu quarto, anexo ao gabinete.

Morris atendeu prontamente.

— Inspetor, o fantasma continua a agir. Ainda não há meia hora procurou matar-me no meu apartamento. Deu-me uma punhalada que, por felicidade, resvalou na carteira, e me feriu muito pouco. Veja. — Tirando o paletó, Dick mostrou ao inspetor a roupa rasgada pelo punhal, o arranhão na pele e a carteira cortada pelo golpe.

Em seguida, contou tudo o que acontecera, desde que estivera de vigia no parque até o momento de ser atacado.

Morris não perdeu um segundo. Chamou alguns auxiliares e mandou-os imediatamente buscar o criado de quem suspeitava e o dr. Cave.

Dick pediu-lhe que desse a seguinte explicação sobre ele a todas as pessoas: "Que o sr. Dick Peter fora gravemente ferido em seu apartamento, e que, em estado desesperador, não pudera ainda pronunciar uma palavra".

Assim, o fantasma ficaria sossegado quanto a ele, e seria mais fácil apanhá-lo.

E os agentes partiram, com essa informação.

Um dirigiu-se à residência do dr. Cave e o outro à de Olivian Patrick.

Pouco depois, pelo telefone, ambos se comunicavam com o inspetor Morris.

— Encontraram o dr. Cave? — perguntou este.

— Não. O dr. Cave desapareceu. A sua esposa diz que ele chegou em casa danado depois do interrogatório, que se deitou e agora, quando fomos procurá-lo, é que ela viu que ele não estava mais. E a sua cama está fria, o que denota que há tempo já que ele saiu.

— E o criado?

— O criado não saiu. Esteve a noite toda acordado, ao lado da governante, porque não podiam dormir.

— Bem. Procurem saber do paradeiro do dr. Cave. Vou mandar vigiar todas as estações. Falaram com o sr. Olivian Patrick?

— Falamos. Ele está desesperado com os acontecimentos e fala em deixar Nova York, dizendo que é incrível acontecerem tais coisas numa cidade civilizada.

— Bom, procurem o dr. Cave. Vou mandar uns homens vigiar a residência de Olivian Patrick, para evitar que o criminoso volte lá. Até logo.

Pendurado o fone no gancho, o inspetor olhou para Dick Peter durante uns momentos. Depois, batendo com o lápis na mesa, disse, lentamente:

— Não há dúvida, meu caro: o tal fantasma é o dr. Sammy Cave...

— Talvez...

— Por quê? Não lhe parece?

— Não digo nada. Talvez seja. Quem sabe?

VI. O rosto do fantasma

No dia seguinte, quando soube que Dick Peter ficara ferido, Mary ficou desesperada. O seu pai consolava-a como podia, dizendo que não havia de ser grande coisa, que o moço ainda se salvaria e o criminoso seria apanhado.

Mas ela estava inconsolável. Mandava telefonar frequentemente para o hospital, para ver como ia passando o seu querido noivo. A resposta, do hospital, de acordo com as instruções recebidas da Polícia, era sempre a mesma: "O seu estado não se alterou. Continua ainda sem sentidos".

Queria ir visitá-lo à força, mas não lho permitiram. Ele não podia ser visitado, por ser o seu estado muito melindroso.

E o dia passou-se sem maiores novidades.

O dr. Cave não foi encontrado em parte alguma, e também não houve nenhuma nova tentativa por parte do fantasma.

Depois do almoço, o sr. Olivian Patrick foi para o seu escritório, como de costume, e Mary ficou em seu quarto, entregue a um enorme desespero.

As investigações, que prosseguiam sem cessar em diversos sentidos, não traziam esclarecimento algum. Aliás, a Polícia, completamente convencida da culpabilidade do dr. Sammy Cave, procurava-o por todos os cantos.

Pelas oito horas da noite, o inspetor Morris foi à casa de Olivian Patrick saber, pessoalmente, se não houvera mais alguma novidade. Mary informou-o de que não havia nada.

— E seu pai?

— Papai telefonou dizendo que hoje virá mais tarde. Recomendou que fechássemos tudo muito bem, e que puséssemos um guarda no portão. E para não esperarmos por ele.

— Bem. Vou mandar um guarda. A senhorita fique tranquila. Dick Peter está melhorando. Não há razão para desespero.

Voltando à Polícia, Morris informou Dick do que soubera.

Dick pensou por alguns momentos e, depois, falou:

— Inspetor, vou pedir-lhe um favor. Tenho um plano para executar e estou certo de que dará os melhores resultados. Está disposto a deixar-me agir? Eu lhe trarei aqui o fantasma.

— Qual é o seu plano?

— Esta noite, o fantasma voltará ao quarto de Mary, para a eliminar...

O inspetor estranhou, e perguntou a Dick qual era o interesse do fantasma, eliminando Mary.

— Depois saberá tudo bem. São questões de dinheiro. Deixe-me agir. Vou passar a noite na casa de Mary, e peço-lhe três homens. Encarrego-me de tudo e, ou sou um grande idiota, ou o fantasma acabará esta noite nas nossas mãos.

O inspetor deu-lhe ordem para proceder como achasse melhor, e prometeu-lhe os três auxiliares.

Dick Peter deixou a Central de Polícia escondido sob um ligeiro disfarce, de modo a não ser reconhecido, e, com os três homens, encaminhou-se rapidamente para a casa de Mary, onde todos entraram sem dificuldade. Dick colocou um homem no parque, outro no portão, outro no corredor, junto ao quarto de Mary. Depois, mandou chamar a moça, encerrou-se com ela numa saleta, e tirou o disfarce. Mary ia dando um grito, mas ele tapou-lhe a boca com a mão, dizendo:

— Psiiu! Não grite, querida, acalme-se. Aqui estamos juntos, e nada me aconteceu.

Ela espantava-se, e perguntava pelo ferimento de Dick.

— Não. O meu ferimento não foi nada. Vamos tratar de um assunto mais importante. Você sente-se com forças para enfrentar os acontecimentos que se vão desenrolar esta noite?

Mary, alarmada, perguntava o que estaria para acontecer.

— Ainda não sei, mas você precisa preparar-se para tudo. Tanto a minha vida como a sua estão em perigo. Precisamos ter muita calma e sangue-frio. Preciso que você me garanta que, aconteça o que acontecer, seguirá as minhas instruções.

Mary prometeu que assim faria, e ele prosseguiu:

— Você vai esconder-se no quarto mais afastado da casa, vai fechar-se muito bem por dentro, janelas e portas trancadas, e só abrirá quando eu, ou um dos três policiais, à minha ordem, mandar. E a palavra de ordem é "Acabou-se o fantasma". Está combinado?

Mary prometeu fazer tudo direitinho, e os dois foram procurar o aposento onde ela devia esconder-se, sem que nenhuma pessoa da casa o soubesse... Depois de Mary estar em segurança, Dick instruiu os seus homens sobre a combinação feita.

Tudo assim combinado, os policiais retomaram os seus postos, e Dick foi para o quarto de Mary. Com algumas roupas e travesseiros, preparou um volume sob as cobertas, para dar a impressão de que a moça estava ali deitada, e ele próprio escondeu-se atrás duma espessa cortina, a dois passos da cama.

E passaram-se algumas horas de enervante espera.

Dick não fazia o menor movimento.

Afinal, alguma coisa sucedeu.

Houve um rumor do lado de fora da janela.

Depois, o vulto apareceu. Dick Peter via-o perfeitamente pela frincha da cortina. E dentro do seu coração havia uma forte vontade de apanhar aquele bandido que eliminava vidas com tanta crueldade.

O vulto abriu a janela e entrou no aposento com passos de veludo. Trazia o lençol sobre a cabeça. Aproximou-se do leito e, na obscuridade, não pôde perceber que havia apenas um monte de roupas sob a colcha. Tirou de sob o pano que o cobria um frasco e um lenço. Pingou algumas gotas do líquido sobre o lenço e abaixou-se sobre a cama.

— Narcótico! — pensou Dick Peter.

Quando o vulto se curvou sobre a cama, Dick Peter afastou a cortina e avançou lentamente.

E caiu de chofre sobre o vulto, que, na surpresa, deu um verdadeiro urro. Enlaçaram-se. Dick aplicou-lhe um violento pontapé. O vulto caiu para trás, batendo com as costas na cama.

Nesse momento, Dick agarrou a ponta do lençol que o cobria, e deu um puxão violento.

Apareceu um rosto. Era um rosto hediondo, convulsionado pela raiva, com os olhos brilhando de furor sanguinário. Uma verdadeira máscara de ódio!

Dick reconheceu-o imediatamente: era o sr. Olivian Patrick, o pai de Mary!

Dick já esperava por aquilo, mas, mesmo assim, frente a frente com o monstro, sentiu-se paralisado por um momento.

Olivian tirou um punhal, e ia levantar-se para Dick Peter, mas este, rápido como um raio, deu-lhe um tremendo soco no estômago, atirando-o por terra.

Nesse momento, o policial que estava do lado de fora entrou, e algemou o homem caído.

Depois, foi rápido.

O homem foi conduzido para a Central de Polícia, e Dick Peter foi consolar Mary do tremendo golpe recebido.

Na Polícia, o inspetor Morris soube arrancar do prisioneiro toda a verdade. E o estado de abatimento de Olivian era tamanho que ele não fez nenhuma resistência.

A sua história era curta. Ele não era pai de Mary. O verdadeiro pai da moça fora seu companheiro de aventuras, no Oeste. Ao morrer, deixara órfã aquela menina com dois anos, e encarregara Olivian Patrick de olhar por ela e administrar a sua fortuna. Essa fortuna devia ser entregue à moça quando ela atingisse os 21 anos, e assinaram documentos para isso. Olivian tinha as melhores intenções quando se encarregou de Mary, mas, como era muito esperto nos negócios, a fortuna cresceu rapidamente, e, naquela época, subia a mais de três milhões de dólares. E o momento de entregar todo aquele dinheiro à moça aproximava-se, pois que ela completaria 21 anos dentro de oito meses. Os seus instintos de avareza começaram a agir, até enlouquecê-lo. Não podia suportar a ideia de se separar nem de um pouco daquele dinheiro. Depois de muito refletir, viu que só havia um meio. Era eliminar Mary. Assim, a fortuna caberia toda só a ele. A ideia veio-lhe quando a sua revista *Mundo Novo* publicou a notícia da descoberta de Harry Brown sobre o tecido impermeável às balas. Comprou o invento e guardou-o para a ocasião oportuna. Quando Mary ficou noiva de Dick Peter, ele viu que as coisas pioravam para si, pois que se ela se casasse, então a fortuna passaria para Dick, e as suas esperanças ficariam ainda reduzidas.

Resolveu, então, matá-la, mas quis envolver a morte em mistério, e foi aí que errou. O seu modo de agir era simples. No fundo do parque, havia uma porta velha nunca usada. Ele pela frente saía como quem vai viajar e entrava novamente por aquela porta, indo para o seu quarto. Preparara, ali, uma espécie de ponte curva, em forma de meia-lua, que saindo da sua janela ia à janela do quarto de Mary. Assim, podia passar dum quarto para outro, sem deixar vestígio. Naquela noite em que aparecera à moça pela primeira vez, não esperava ser visto por ela. Diante do grito, viu o seu plano prejudicado, e precisou agir com rapidez. Matou Bob pensando que fosse Dick Peter, porque viu no noivo de Mary um adversário perigoso.

Percebendo que as suspeitas estavam caindo sobre o dr. Sammy Cave, matou-o e atirou-o num poço abandonado, situado no fundo do parque, coberto com uma laje de cimento. Desaparecido o dr. Cave, todas as suspeitas ficariam sobre ele.

Compreendeu, porém, que com Dick Peter pela frente nada poderia fazer, e decidiu matá-lo, o que pensou ter conseguido. Por isso, voltou naquela noite, certo de que tudo ficaria liquidado, mas enganara-se.

Olivian foi para a cadeira elétrica.

Passado algum tempo, depois de apagadas as maiores impressões sobre os dolorosos acontecimentos, Dick Peter e Mary uniram-se para sempre, vivendo inteiramente felizes, apesar das novas aventuras em que Dick continuou a meter-se, por gosto, e que contaremos a seu tempo.

Jerônimo Barbosa Monteiro nasceu em São Paulo em 1908 e morreu em 1970. Aos 10 anos de idade precisou deixar a escola primária para ajudar os pais. Aos 14, entrou na Estrada de Ferro Sorocabana, e lá trabalhou durante dezoito anos. Foi então que começou a se interessar pela leitura de autores como Machado de Assis, Eça de Queirós e Monteiro Lobato.

Em 1937, entrou numa empresa de publicidade como redator. Inspirando-se na literatura policial norte-americana, criou o detetive Dick Peter para divulgar uma marca de café. Dick Peter fez tanto sucesso que saiu da publicidade para tornar-se um personagem autônomo, com histórias publicadas regularmente na imprensa e um programa especial no rádio. O próprio Jerônimo Monteiro escrevia os episódios, que iam ao ar uma vez por semana, com grande audiência.

Marcos Rey

O último cuba-libre

Marcos Rey

Durante o dia Adão Flores era um gordo como qualquer outro. Sua atividade e seu charme começavam depois das 22 horas e às vezes até mais tarde. Então era visto levando seus 120 quilos às boates, bistrôs e inferninhos da cidade, profissionalmente, pois não só gostava da noite como também vivia dela. Empresário de modestos espetáculos, era a salvação, a última esperança de cantores, mágicos, humoristas e dançarinos decadentes. Dizia que se dedicava a esses náufragos por puro espírito de solidariedade, pilhéria capaz de comover até os que não tivessem espírito boêmio. Alguns desses artistas haviam tido a sua vez no passado, pouco ou muito prestígio, até serem abandonados pelo público. Adão não abandonava ninguém, talvez devido à tão propalada bondade dos obesos.

Com o tempo, Adão Flores adquiriu outra profissão, paralela à de empresário da noite, a de detetive particular, mas sem placa na porta e mesmo sem porta, atividade restrita apenas a cenários noturnos e pessoas conhecidas. Apesar de agir esporadicamente e circunscrito a poucos quarteirões, Adão Flores começou a ganhar certa fama graças a um jornalista, Lauro de Freitas, que começava a fazer dele personagem frequente em sua coluna, a ponto de muita gente supor tratar-se de ficção e mais nada.

Adão Flores apareceu no Yes-Club, cumprindo seu itinerário habitual. Rara era a noite em que não comparecia ao tradicional estabelecimento da Bianca, onde seus casos tinham grande repercussão, e onde a seu ver se reuniam as mais prestativas ninfetas. Mas nem teve tempo de sentar-se. Uma mulher, nervosíssima, que já o aguardava, aproximou-se dele um tanto ofegante.

— Lembra-se de mim, Adão?

— Estela Lins?! Como vai o malandrão do seu marido? Anda sumido!

— É por causa dele que estou aqui. Adão, você pode me acompanhar? Meu carro está na porta. É um caso grave.

— O que aconteceu?

— Direi tudo no carro.

Julio Barrios, mexicano, cantor de boleros, fora um dos contratados de Adão que mais lhe deram dinheiro nos quase dez anos que estivera sob contrato. Seu valor era contestado por muitos, mas até esses concordavam que o bigodudo era o mais personalíssimo intérprete de “Perfume de Gardênia”, “Total”, “Hoy” e “Somos”. Quando o público se cansou dele, Flores levou-o às churrascarias, salões da periferia e cidades do interior, etapas do declínio de qualquer cantor. Julio não se abateu totalmente, pois, enquanto tivesse uma mulher apaixonada a seu lado, podia levar a vida.

Estela dirigia atabalhoadamente um fusca em estado de desmaterialização.

— Disse que Julio está assustado?

— Disse apavorado.

— Por quê?

— Telefonemas ameaçadores.

— Quem seria a pessoa?

— Ele diz que não sabe.

— Mas você acha que sim.

— Pode ser algum traficante de drogas.

— Ora, Julio nunca mexeu com isso. Trabalhamos juntos anos a fio e nunca o vi cheirar nada suspeito. Sua obsessão sempre foi outra...

O que o empresário-detetive imaginava era a ameaça de algum marido ou amante ciumento, daí Julio não revelar nada a Estela, sua terceira ou quarta mulher desde que chegara ao Brasil. Apesar da decadência artística Julio continuava bem-sucedido nessa modalidade esportiva. Adão conhecera diversas favoritas do sultão mexicano, todas apaixonadas e dispostas a dividir com ele o que faturassem. Aliás, odiava mulheres ociosas e sempre lhes permitia a liberdade de ir e vir — ao trabalho. Assim, Estela era esteticista com boa clientela; Glória, a antecessora, possuía um sebo de livros espíritas; e Marusca, massagista, com técnica própria, cuidava da coluna de uma legião de velhos generosos.

— Julio sabe que veio me buscar?

— Sabe. Disse que quer tomar um cuba-libre com você, como nos velhos tempos.

— Espero que ele não acredite muito na coluna do Lauro de Freitas. Não sou tão bom detetive assim.

— Estamos chegando.

Estela estacionou o carro diante de um pequeno edifício de três andares. O casal morava no primeiro, cujas luzes estavam acesas. Passaram por um portão de ferro, atravessaram um pequeno corredor e chegaram à porta do apartamento. A mulher abriu a porta, acendeu a luz e indicou um velho divã ao empresário. Foi se dirigindo ao interior do apartamento, anunciando:

— Adão está aqui, querido!

O empresário-detetive largou todo o seu peso numa mirrada poltrona, que protestou, rangendo. Não conhecia aquele apartamento. Julio, sempre que mudava de mulher, mudava também de endereço. Glória, por exemplo, fora ao supermercado e ao chegar em casa não o encontrara mais. Marusca não vira mais nem a sombra dele ao voltar do cabeleireiro. Julio explicava aos amigos que seu coração sensível não suportava despedidas. Alguns o elogiavam por isso.

— Quem é o senhor? — Adão ouviu de repente a voz de Estela, vinda do quarto, em tom de pavor. — O que faz aqui?

Adão levantou-se: algo de anormal acontecia.

Novamente a voz de Estela, agora num grito:

— Juuuulio!

Adão deu uns passos enquanto Estela aparecia à porta do quarto, tentando dizer alguma coisa. O detetive entrou precipitadamente. A primeira imagem que viu foi Julio sobre a cama, ensanguentado.

Estela apontou para a janela aberta.

— Ele fugiu!

Adão correu para a sala e Estela abriu a porta do apartamento. Os dois precipitaram-se para a rua, ela na frente. Logo adiante havia uma esquina, que o criminoso já devia ter dobrado. Estela segurou Adão pelo braço.

— Vamos socorrer Julio.

Regressaram ao apartamento. A lâmina toda de uma tesoura comprida estava enterrada nas costas de Julio. O detetive apalpou-lhe o peito. O coração já não batia nem no ritmo lento do bolero.

Enquanto a polícia não chegava, Adão dava uma olhada no quarto. Estela, em prantos, aguardava a presença do cunhado, um de seus únicos parentes. Flores notou que algumas gavetas de uma cômoda estavam abertas. O criminoso estivera procurando alguma coisa. No peitoril da janela, um pouco de terra, certamente deixada pelos sapatos do homem que saltara. E sobre o criado-mudo, um copo, o último cuba-libre que Julio não terminara de beber. Sem gelo. Quem tomaria um cuba sem gelo num calor daquele? Foi ao encontro de Estela, na sala, e a achou dobrada sobre um divã.

— Gostaria de conversar com o zelador.

— O prédio não tem zelador, apenas uma faxineira no período da manhã.

— Acha que poderia reconhecer o homem?

— Nunca mais o esquecerei — garantiu Estela. — Era baixo, troncudo e tinha os olhos puxados.

— Já o vira antes?

— Não.

Adão retornou ao quarto para dar mais uma espiada. Dali a instantes a polícia chegou: um delegado e dois tiras.

— Não mexi em nada — disse-lhes Flores. — E cuidado com o peitoril da janela. Há terra de sapato nele. Foi por onde o criminoso fugiu.

— O senhor o viu?

— Não, mas dona Estela poderá ajudar a fazer o retrato falado dele. Ela o encontrou no quarto de Julio.

O delegado encarou o detetive.

— Você não é um tal Adão Flores, metido a Sherlock?

— Sou esse tal, mas vim aqui como amigo, chamado por Estela. Julio tinha recebido uns telefonemas ameaçadores.

Adão deixou os tiras trabalharem e saiu do quarto. O criminoso saltara da janela para um corredor cimentado que rodeava o edifício. Para baixo o santo tinha ajudado, mas subir pela janela teria sido difícil. Certamente ele tocara a campainha e entrara pela porta. Antes, porém, pisara em algum jardim, como atestava a terra do peitoril. Havia jardim à entrada do edifício?

Um dos tiras apareceu à porta com uma pergunta.

— O senhor deixou uma ponta de cigarro no cinzeiro? Há duas lá, mas só uma é da marca que Julio fumava.

— Só fumo em reuniões ecológicas. O criminoso deve ter tido tempo para fumar um cigarro. Só pode ter sido ele, pois Estela não fuma.

Adão permaneceu no apartamento até a chegada da Polícia Técnica, quando Estela Lins, no bagaço, foi levada pelo cunhado, que, antes de sair, declarou com todas as letras:

— Julio bem que mereceu isso. Um vagabundo, um explorador de mulheres! A polícia não devia perder tempo procurando o assassino.

Já era madrugada quando Flores retornou ao Yes-Club. Estava cansado, que ninguém é de ferro. Contou a todos o que sucedera, recebendo em troca uma informação. Julio Barrios aparecera por lá, naquela semana, muito feliz. Uma gravadora resolvera lançar um elepê[1] com seus maiores sucessos, *Recuerdos*, no qual depositava muitas esperanças. Planejava inclusive pintar os cabelos para renovar o visual. Estava animadíssimo.

No dia seguinte, Adão Flores compareceu à polícia para prestar depoimento. Estela, por sua vez, estava cooperando. O retrato falado do criminoso já estava pronto e sairia em todos os jornais. O delegado, porém, já manifestava uma suspeita.

— Não gostei da cara daquele cunhado. Estela pode até estar tentando protegê-lo.

— Não creio — replicou Adão. — Era apaixonada pelo cantor.

— Mas amores passam — comentou o delegado. — Como certas modas musicais...

Adão Flores foi ao jornal onde trabalhava Lauro de Freitas.

1 Também chamado de L.P., ou *long-play*; disco fonográfico de vinil tocado em vitrolas. (N.E.)

— Quantos quilos você pesa, Lauro?

— Acha que estou engordando?

— Que mal há nisso? Os gordos são belos.

— Setenta quilos.

— Então, venha.

— Onde?

— Você tem o mesmo peso do homem que matou Barrios, segundo declaração de Estela na delegacia.

— E isso me torna um suspeito?

— Vamos ao apartamento.

À porta do edifício, Adão identificou-se a um guarda, que vigiava o lugar desde o assassinato. Não foi fácil convencê-lo a deixar que o detetive e o jornalista entrassem no apartamento.

— Estamos aqui. E agora, Adão?

— Você vai fazer uma coisa, Lauro: saltar do peitoril da janela para o corredor.

Abriram a janela e o jornalista espiou.

— Altinho. Posso sentar no peitoril?

— Não, suba nele e salte.

— E se o paraquedas não abrir?

— Não salte ainda. Vou para a sala. Aguarde minhas ordens, então salte e corra até a entrada do edifício.

Adão voltou para a sala, deu as instruções e ficou atento. Ouviu o baque dos pés de Lauro no cimento e, em seguida, seus passos rumo ao portão. Pouco depois, Lauro voltou à sala.

— O que quer mais? Sei plantar bananeira.

— Como atleta amador você não pode ser pago. Mas vou lhe fornecer uma bela história para sua indigna coluna. Não tire os olhos de mim. Agora vamos à gravadora Metrópole.

— Por quê?

— Porque quero pôr na cadeia a pessoa que matou o melhor intérprete de "Perfume de Gardênia". Quem fez isso é meu inimigo pessoal. Não se apaga assim um parágrafo da História.

Adão e Lauro foram à gravadora, onde o detetive conversou com o diretor artístico. Sim, Barrios ia gravar mesmo um elepê. Esperavam vendê-lo para uns cem mil saudosistas. E o homem fez mais, forneceu certo endereço que Flores considerou importantíssimo.

Quando os jornais revelaram o assassino de Julio Barrios, a melhor reportagem certamente foi a de Lauro de Freitas, por dentro de tudo. Adão, claro, ficou muito orgulhoso com a literatura que o amigo deitou sobre ele. O gordo era um saco de vaidade. Naquele dia saiu cedo à rua para receber os louros. O porteiro do seu hotel de duas estrelas foi o primeiro a cumprimentá-lo com uma reverência. Logo depois gravava uma entrevista para o rádio e uma declaração para a tevê.

Mas o local onde seus casos mais repercutiam era mesmo o Yes-Club, sempre ouvidos com degustada atenção por aquela senhora de cabelos prateados e piteira longa, a Bianca, e pelo grupo de frequentadores mais íntimos. Aí, sim, Adão assumia por inteiro o *physique du rôle*[2] de detetive internacional. Na véspera, antes de que os jornais publicassem a solução do enigma, Adão esteve lá para contar tudo em primeira mão.

— Em que momento você começou a puxar o fio da meada? — perguntou a dona da casa.

— Sou um homem do visual, da imagem — disse Flores. — Aquele cuba-libre sem gelo me chamou logo a atenção. Julio gostava de colocar verdadeiros *icebergs* nas suas bebidas. Como não havia mais gelo e o copo voltara à temperatura ambiente, deduzi que o crime tinha acontecido há algum tempo. Uma hora, talvez...

2 Tradução a partir do francês, "físico apropriado para o papel". (N.E.)

— Não me parece argumento suficiente para levar a conclusões — disse um homem, provavelmente um desses invejosos que estão em toda parte.

— Certamente não foi minha única dedução. Havia aquela tesoura, arma ocasional demais para servir a um criminoso determinado, que fazia ameaças telefônicas.

O mesmo freguês, que se recusava a bater palmas para Adão, voltou a obstar:

— Usar armas da casa é um meio para implicar inocentes. Os romances policiais sempre relatam coisas assim.

— Uma tesoura não oferece segurança — replicou Flores. — A não ser que o criminoso tivesse sido um alfaiate...

Bianca tinha outra pergunta a fazer:

— Houve roubo? As gavetas estavam todas abertas, não?

— Elas não foram simplesmente abertas, algumas estavam vazias. E sabem quem as esvaziara? O próprio Julio.

— O que havia nessas gavetas? — perguntaram. — Tóxico?

— Roupas, simplesmente roupas. Encontrei-as em uma pequena mala. Mas me deixem prosseguir. O que consolidou minhas suspeitas foi uma questão de acústica.

— Disse acústica?

— Disse. Aí o nosso Lauro ajudou muito. Seu peso equivale ao do homem visto por Estela. Fui com Lauro ao apartamento de Julio e pedi que saltasse da janela e depois corresse até o portão. Eu me plantei na sala, como na noite do crime. E ouvi perfeitamente o baque e depois os passos de seus pés no cimento. Como naquela noite eu não ouvira nada?

— Então você teve a certeza — adiantou-se Bianca.

— Faltavam ainda os motivos. Na gravadora fiquei sabendo que Barrios andava aparecendo na companhia de uma jovem, seu novo amor. E obtive o endereço dela, pois era para ela que telefonavam quando precisavam contactá-lo. Fui procurá-la. Estava muito assustada com tudo, mas acabou se abrindo. Ela e Barrios iam viver juntos. Apenas faltava-lhe fazer a mala.

— E a confissão, veio fácil? — perguntou Bianca, equilibrada em sua piteira.

— Aconteceu na própria polícia onde fora olhar alguns suspeitos na passarela. Pretexto. O delegado já aceitara meu ponto de vista. Eu próprio lhe contei minha versão: Estela surpreendera Julio quando jogava roupas na mala para sumir. Espremeu-o. Ele confessou. Ia deixá-la por outra mulher. O amor é algo inesperado e o coração é fraco. Ela não gostou da letra desse bolero. Julio vivia praticamente à custa dela. Viu a tesoura sobre a mesa. Golpeou-o pelas costas. Depois do choque, pensou em livrar a cara. Havia terra numa floreira. Levou um pouco para o peitoril da janela. Deixou as gavetas abertas como estavam. E serviu um cuba-libre ao defunto. Antes ou depois lembrou-se de Adão Flores. Ele tinha mania de bancar o detetive. Julio sempre ria-se disso. Decidiu ir buscá-lo. Se o encontrasse, a encenação seria perfeita. Quanto à segunda ponta de cigarro, ela mesma esclareceu que a apanhara no Yes, enquanto esperava pelo detetive. Queria que ficasse bem claro que outra pessoa estivera com Julio. Enquanto isso o gelo do último cuba-libre derretia, pois o cadáver não podia renová-lo.

— Ela agiu como uma perfeita atriz — comentou Bianca. — E que grande talento!

Adão Flores concordou:

— Apenas participei como ator convidado.

Marcos Rey, cujo verdadeiro nome é Edmundo Donato, nasceu em São Paulo em 1925. Como seu pai era gráfico e encadernador e seu irmão mais velho era escritor, viveu desde a infância entre livros. Começou a escrever muito cedo; aos 16 anos publicou seu primeiro conto e, algum tempo depois, o primeiro romance, *Um gato no triângulo* (1953).
Seguiu-se uma série de obras, com grande sucesso de público, como *Memórias de um gigolô* (com adaptação para a tevê) e *Café na cama*.
No gênero juvenil produziu várias histórias de trama policial, como *O mistério do cinco estrelas* e *Enigma na televisão*.
No conto "O último cuba-libre", Adão Flores pode ser considerado um detetive à brasileira, adaptando aos nossos modos e costumes a atitude cerebral que caracteriza Sherlock Holmes.
Marcos Rey faleceu em São Paulo, em 1999.

Edgar Wallace

Código 2*

Edgar Wallace

O Serviço Secreto nunca usa para si mesmo esse nome tão melodramático. Se chegam a usar algum nome, é o vago "Departamento" — nem mesmo "Departamento de Inteligência" —, como vocês vão notar. Mas é um departamento fantástico e um de seus funcionários não menos notáveis — apesar do cargo menor, isso lá é verdade — era Schiller.

Era um criativo jovem suíço, apaixonado por línguas estrangeiras. Conhecia todos os bandidos de Londres — bandidos do ponto de vista da violência política — e era muito útil para o secretário-chefe (da Inteligência), apesar de que Bland e os figurões... bom, eles não desgostavam dele, mas meio que... não sei como dizer...

Observe quando um cavalo arisco passa perto de um pedaço de papel branco na rua. Não chega a recuar, mas fica olhando o papel esvoaçante com muita ansiedade.

* Este conto foi originalmente publicado em inglês com o título "Code no. 2". (N.E.)

Ele nunca fez parte do Primeiro Time, mas se esforçava muito para chegar Lá. Só que os homens do Primeiro Time "já mastigavam códigos desde o berço", como dizia Bland.

De alguma forma misteriosa, Schiller ficou sabendo que Reggie Batten tinha sido morto com um tiro, quando estava roubando de um cofre as ordens de mobilização do 14º Batalhão Bávaro, em Munique — isso foi em 1911, e o triste incidente foi catalogado como um "acidente de aviação".

As autoridades militares de Munique levaram o corpo de Reggie de avião e o jogaram lá de cima... e os jornais de Munique deram belos anúncios fúnebres sobre Reggie, dizendo que o funeral ia ser às duas horas e que se esperava que todos os seus dedicados amigos comparecessem. Os menos desconfiados, que realmente compareceram, foram detidos e revistados, suas casas e bagagens foram reviradas e eles acabaram devidamente expulsos do país o mais depressa possível.

Bland, que estava em Munique, não foi ao funeral; na verdade, ele foi embora da Cidade da Cerveja sem nenhuma demora desnecessária.

Fazia apenas um dia que estava de volta à cidade quando Schiller pediu uma entrevista.

Bland, com seu queixo quadrado, bem barbeado e absolutamente impassível, ouviu todos os detalhes do pedido de Schiller e riu.

— Você está inteiramente errado a respeito do sr. Batten — disse. — Ele não tinha nenhuma ligação com este departamento e a sua morte foi provocada por um lamentável acidente. Portanto, não posso dar o lugar dele para você.

Schiller ouviu e baixou a cabeça.

— Então fui mal informado, senhor — disse, educadamente.

Começou a imaginar outro caminho e planejou cuidadosamente um ataque contra o secretário-chefe. Este tinha chegado naquele estágio delicado da carreira de um homem, representado pelo interregno entre o encerramento da sua vida útil e a consciência desse fato.

Sir John Grandor tinha sido, na sua época, o homem mais importante da Inteligência na Europa, mas agora... ele ainda falava do telégrafo sem fio como "uma invenção maravilhosa".

Mas *sir* John era o chefe, e um chefe bastante duro. O seu encargo secreto era o Código 2, que nenhum olho mortal jamais tinha visto, a não ser o dele. Ficava na prateleira debaixo do cofre, entre duas capas com bordas de aço. Eram folhas e mais folhas na sua própria caligrafia, miúda e limpa.

O Código 2 era muito secreto. Era o código empregado pelos grandes agentes. Nunca tinha sido impresso, nem tinha cópias escritas em circulação; só era decorado, sob a supervisão do próprio chefe. Os homens que conheciam o Código 2 não contavam que o conheciam, pois suas vidas estavam por um fio — mesmo em tempos de paz.

Schiller nunca seria um grande agente. De um lado, porque era estrangeiro naturalizado e os figurões tinham de ser nativos do país, treinados para o Primeiro Time desde o dia que entravam para o Departamento. Eram homens instruídos, condenados por toda a vida a se desligar de sua terra natal; só três homens sabiam quem eles eram e onde moravam, sendo que dois deles não tinham existência oficial.

Sir John gostava de Schiller e fazia muitas coisas por ele. Contava histórias de suas aventuras passadas, que Schiller ouvia com atenção. Numa dessas conversas de depois do jantar (ele era um jovem tão apresentável que *sir* John muitas vezes o levava para jantar em casa), Schiller mencionou casualmente o Código 2. Falou a respeito com bastante familiaridade e *sir* John discutiu o Código em termos gerais. Contou ao convidado que estava guardado no cofre especial, que tinha sido feito no sistema de folhas soltas e que isso era um transtorno porque estava sempre fora de ordem, uma vez que ele tinha de consultá-lo todos os dias e, invariavelmente, recolocava as folhas que tinha usado em cima das outras, desrespeitando o direito alfabético de elas ocuparem essa posição.

O jovem sugeriu, inocentemente, que podia ir para o gabinete de *sir* John toda noite e organizar as folhas, mas o velho sorriu, benevolente, e disse que achava melhor não.

Bland chamou Grigsby na sua sala um dia e esse jovem afetado compareceu na mesma hora.

— Esse tal de Schiller está me incomodando — disse Bland na voz baixa que era quase uma segunda natureza no Departamento. — É um sujeito esperto e muito útil, mas eu não confio nele.

— Tem uma folha de serviços perfeita — disse o outro, olhando pela janela —, e sabe pouco sobre as coisas importantes. *sir* John é muito nervoso. Mas já está quase se aposentando. Por que é que você está preocupado?

Bland andou pela sala.

— Ele está inventando um novo receptor sem fio — disse. — E conseguiu interessar o velho. Trabalha nisso o dia inteiro na sala dele, e de noite leva para a sala de *sir* John, onde a coisa é religiosamente trancada no cofre. Claro que é um absurdo imaginar que aquela caixa — do tamanho duma lata de biscoitos — possa conter algo com inteligência humana, capaz de escapar de um cofre hermeticamente fechado e sair por aí, ou então xeretear o código, mas, não sei por quê, não estou gostando.

Grigsby deu uma risada.

— Essa é nova para mim — confessou. — Não nego que Schiller é esperto: ele desenhou um quebra-vento para a minha sala que é muito engenhoso, mas não consigo imaginar um receptor sem fio que seja capaz de ler e transmitir um código do interior de um cofre de aço.

Mas Bland não se convenceu.

Mandou chamar May Prince. Ela estava de férias em Devonshire, mas voltou imediatamente para a cidade: uma mocinha — aparentava ter 18 anos, mas na verdade era dez anos mais velha — com o sorriso mais adorável do mundo, olhos cinzentos e atentos e uma boca que, quando quieta, pendia um pouco para baixo.

— Desculpe atrapalhar suas férias — disse Bland —, mas quero manter Schiller sob observação. Na semana que vem você vai ser despedida do Departamento, por negligência ao dever. Vai sair magoada e contar para Schiller, que vai continuar encontrando depois, que eu sou uma besta e que perco montes de dinheiro em cavalos de corrida. Vou mandar preparar uns relatórios de apostas do Jóquei Clube que você vai mostrar a ele discretamente.

— É para ele chantagear o senhor? — ela perguntou.

Bland abanou a cabeça:

— Se ele é o que eu estou pensando, não vai fazer isso. Não, o que ele pode fazer é trocar uma confidência por outra. Até logo.

May despediu-se e saiu.

A invenção de Schiller levou um tempo absurdo para ficar pronta. Mas ele estava entusiasmado com as possibilidades e transmitiu ao chefe parte do seu entusiasmo. Todo o seu tempo livre trabalhava na máquina e, regularmente, todas as tardes, às cinco para as seis, levava a pesada caixa para a sala do chefe, depositava solenemente na grade de ferro que servia de prateleira do cofre e assistia, com olhos ciumentos, a sua máquina ser trancada no cofre.

E May Prince não tinha nada a relatar. Três dias depois daquele fatal 1º de agosto que trouxe tanta miséria e destruição para a Europa, Bland, que estava trabalhando noite e dia no interesse do seu Departamento, foi até a sala de Schiller para fazer algumas perguntas sobre os antecedentes de certo Antônio Malatesta, suspeito de ser agente das

Potências Centrais[1]. Bland muito raramente visitava as salas dos seus subordinados, mas dessa vez o seu telefone estava quebrado.

A porta estava trancada e ele bateu, impaciente. Schiller logo abriu, sorridente. A mesa estava coberta com um monte de fios, baterias elétricas, ferramentas e parafusos, mas nem sinal do grande receptor sem fio.

— Está querendo ver minha caixa-surpresa? — perguntou Schiller. — Está no meu cofre. Logo, logo vou poder dar ao senhor uma bela demonstração! Ainda hoje captei um sinal do Almirantado. E com a janela fechada.

Bland não estava escutando.

Ereto, com o nariz empinado, farejava o ar.

Havia um cheiro fraco, adocicado, de cânfora e mais alguma coisa. Schiller apertou os olhos, olhando para ele.

— Hum — fez Bland e girou nos calcanhares, saindo da sala.

Sobre a sua mesa estava um telegrama, entregue durante a sua breve ausência:

Schiller é agente pago pelos Poderes Centrais. Chefe do departamento de criptografia. Tenho prova. — May.

Bland abriu a gaveta da mesa, tirou uma pistola automática, saiu correndo e desceu a escada de dois em dois degraus.

A porta de Schiller estava aberta, mas ele tinha sumido.

Não tinha passado pelo vestíbulo nem saído pela porta da frente do prédio, mas um porteiro de serviço na entrada lateral disse que tinha visto ele passar e tomar um táxi.

1 Potências Centrais são as representadas, durante a Primeira Guerra Mundial, pelos impérios Germânico e Austro-Húngaro. (N.E.)

Bland voltou para a sua sala e telefonou para a Polícia:

"Vigiem todas as estações e portos. Detenham e prendam Augustus Schiller."

Deu uma descrição dele, breve mas certeira.

— É lamentável — disse *sir* John, realmente perturbado. — Mas não acredito que ele tenha conseguido pegar nada de importância. Ele levou o aparelho?

— Está comigo, *sir* John — disse Bland, sombrio. — E hoje à noite, com a sua permissão, quero ver o que acontece.

— Mas você, com toda a certeza, não acha que...

Bland fez que sim:

— Ainda não mexi com ele, mas ouvi com bastante cuidado, usando um microfone, e não há dúvida de que lá dentro tem um mecanismo de relógio. É quase silencioso, mas detectei o som. O que eu sugiro é que se coloque a caixa onde ela normalmente fica guardada, deixando a porta do cofre aberta para observar.

Sir John franziu a testa. Isso tudo parecia comprometer o seu critério de julgamento e, como tal, era ofensivo, mas ele era leal demais ao Departamento, ao qual tinha dedicado 45 anos da vida, para permitir que sua vaidade ferida passasse na frente do dever público.

Às seis horas a caixa foi colocada no cofre.

— É aí que ela sempre fica? — Bland perguntou.

— Geralmente... na verdade, invariavelmente... eu coloco a caixa em cima da grade de ferro.

— Bem acima do Código 2, pelo que estou vendo, senhor.

O secretário-chefe franziu a testa outra vez, mas dessa vez num esforço de reflexão.

— É verdade — falou devagar. — Me lembro que uma vez a caixa ficou um pouco de lado e Schiller puxou mais para o centro, o que eu achei um tanto impertinente da parte dele.

Os dois homens puxaram duas cadeiras e se sentaram diante do cofre.

A vigília prometia ser longa.

Oito, nove, dez horas soaram no relógio e nada aconteceu.

— Estou achando isso tudo muito ridículo, não acha? — *Sir* John perguntou, irritado, quando o relógio soou as quinze para as onze.

— Parece que sim — disse Bland, teimoso —, mas eu quero ver... Meu Deus! Olhe!

Sir John ficou boquiaberto.

Exatamente embaixo da caixa estava o Código 2, dentro de uma pasta de couro cujas bordas, por questão de durabilidade, eram reforçadas com uma fita de aço.

Lentamente, a capa do livro estava subindo. Tremeu um pouco no ar, depois caiu, subiu de novo e tornou a cair, como se alguma coisa de dentro estivesse lutando para se libertar. Então, de repente, a capa se abriu e ficou em pé, formando uma letra L em relação ao conteúdo, sendo a capa o traço vertical.

Ouviu-se um clique e o interior do cofre iluminou-se com uma suave radiação esverdeada. A página superior do código ficou iluminada por quase um minuto. Depois, a luz se apagou e a capa do livro caiu.

— Ufa! — soltou Bland.

Tirou a caixa-preta do cofre cuidadosamente e levou para a mesa de *sir* John. Examinou longa e pacientemente a parte de baixo da caixa, depois tornou a colocar na mesa.

— O Código 2 está nas mãos do inimigo — disse.

Já era dia quando terminaram as investigações. Metade da caixa era ocupada por acumuladores. Eles forneciam a corrente que, passando por um poderoso ímã, levantava a capa do livro do código. A corrente também passava para as maravilhosas lampadinhas de vapor de mercúrio, que forneciam a uma máquina fotográfica oculta uma luz apenas suficiente para uma foto.

— O mecanismo de relógio é simples, claro — disse Bland. — Ele marca o tempo para a máquina começar a funcionar e liga e desliga a corrente. Provavelmente esse mecanismo abre e fecha as placas que escondem a lente, a luz e o ímã. Desconfiei de que havia uma câmera quando senti cheiro de filme fotográfico na sala dele.

Sir John, pálido e esgotado, fez que sim com a cabeça.

— Me tire disso do jeito que você conseguir, Bland — disse, rouco. — Vou me aposentar no fim do ano. Sou velho e estou acabado.

Foi até a porta e parou, com a mão na maçaneta:

— Schiller tem nas mãos a vida de trinta homens. Seus nomes e endereços estão nesse livro. Acho que ele já conseguiu tudo. Sou tão descuidado que troco a ordem das páginas quase todos os dias, e esse demônio está trabalhando há nove meses. Ele já deve ter pegado o livro todo agora, pois todo dia havia uma folha diferente por cima.

— Vou fazer todo o possível, senhor — disse Bland.

* * *

Schiller desapareceu, com toda a segurança, antes de a guerra ser declarada. Foi visto na Holanda e seguido até Colônia, na Alemanha. Não havia possibilidade de se mudar o código, e as mensagens dos agentes já estavam chegando.

Bland deu um passo ousado. Por intermédio de um agente na Dinamarca, entrou em contato com Schiller e se ofereceu para fazer um trato. Mas Schiller não queria vender. Como dizia o telegrama do emissário de Bland:

Schiller está recebendo uma quantia enorme do governo inimigo para decodificar as mensagens dos agentes Aliados. Só ele sabe o código.

Sem desanimar, Bland entrou em contato com o traidor outra vez, oferecendo a ele uma enorme quantia, se concordasse em passar para um país neutro e guardar o segredo.

A mensagem terminava dizendo:

Encontre-me na Holanda e eu cuido de tudo.

Mas recebeu uma resposta bem típica do engenhoso espião:

Venha para a Bélgica e eu cuido de tudo.

Uma sugestão louca, pois a Bélgica era, agora, território inimigo, mas Bland tomou a própria vida nas mãos, pôs uma fina adaga de vidro na mala e partiu na mesma noite para o continente.

Bland entrou na Bélgica pela porta dos fundos e fez um intricado itinerário até Bruxelas. Não seria do interesse nacional explicar os meios e métodos que empregou para conseguir entrar naquele país cuidadosamente guardado, mas basta dizer que encontrou com Schiller, que parecia muito próspero, no café Leão Dourado, em Hazbruille, uma pequena cidade na estrada Ghent-Lille.

— O senhor é um homem muito corajoso, Mister Bland — elogiou Schiller. — E gostaria de poder atender o seu pedido. Infelizmente, não posso.

— Então por que me fez vir até aqui?

O outro olhou para ele, curioso.

— Eu possuo certo código — disse, tranquilo. — Completo,

com algumas exceções: faltam três páginas. Quanto o senhor quer por elas?

Seria um choque para alguém com menos gabarito do que Bland.

— É uma bela oferta — respondeu, a calma em pessoa.

— Mas qual é exatamente o código que você quer comprar?

— O Código 2. Pensei que...

Bland interrompeu.

— Código 2? — disse, dando um gole na cerveja (estava disfarçado de camponês belga). — Mas isso é bobagem. Nem você nem eu conhecemos o Código 2. O código que você roubou foi o 3.

Schiller sorriu, superior.

— Quando voltar para Londres — disse — pergunte ao seu chefe se "Agate" não quer dizer "Carregar transportes em Borkum".

— Você pode ter encontrado essa palavra por acaso — disse Bland, desdenhoso.

— Pergunte se "Optique" não quer dizer "Imperador foi para Dresden" — insistiu o calmo Schiller.

Bland olhou em volta do salão, pensativo.

— Você sabe bastante, meu amigo.

A garçonete do bar entrou logo depois e encontrou Bland fumando devagar um charuto fedorento, os cotovelos na mesa, uma cerveja pela metade à sua frente.

A mulher deu um pequeno sorriso na direção de Schiller.

— Ele está cansado — disse Bland, esvaziando o copo. — Deixe ele dormir. E espante as moscas para elas não perturbarem — acrescentou brincando.

Schiller estava deitado de lado no mesmo banco onde Bland estava sentado, de cara para a parede, um lenço azul de pano grosseiro cobrindo a cabeça.

— Não vai ser incomodado — disse a madame, embolsando a gorjeta que Bland lhe deu, com uma piscada de gratidão.

— Quando ele acordar — disse Bland, já na porta —, diga que fui para Ghent.

Três horas depois, um soldado da infantaria alemã, que tinha vindo tomar o seu café da noite, puxou o lenço que cobria a cara do dorminhoco e quase caiu para trás:

— *Mein Gott!*

Pois Schiller estava morto, e morto já havia três horas. Até mesmo o médico levou um longo tempo para descobrir a lâmina de vidro enterrada no seu coração.

* * *

Uma semana depois, Bland estava no seu apartamento do West End, em Londres, se vestindo para jantar, naquele momento de paciência que exige o nó na gravata, quando o criado informou que Grigsby havia chegado.

— Eu disse que o senhor estava se vestindo — informou Taylor —, mas Mister Grigsby está tão orgulhoso porque o cavalo dele ganhou a corrida de Gatwick que não quer aceitar um "não" como resposta.

Taylor era uma pessoa privilegiada e tinha licença para criticar até os amigos de Bland. Taylor era o criado ideal, no entender do seu patrão: simples e falante. Para um homem na profissão de Bland, a tagarelice num criado era virtude, porque deixava o patrão sempre na defensiva, nunca lhe permitindo a ilusão da segurança ou o luxo da indiscrição. Além disso, sempre se sabe o que um criado falador está pensando e, por meio de agentes secretos, tudo o que ele anda dizendo.

— Mande ele subir — disse Bland, depois de um momento.

Mister Grigsby entrou ruidosamente no quarto de vestir, apesar de cumprimentar Bland com certa frieza:

— Tenho um problema para acertar com você, Bland. Que diabo você andou dizendo de mim para Lady Greenholm? Você sabe o que eu sinto pela Alice...

— Espere um pouco, por favor — Bland disse, duro, se virando para o criado. — Taylor, pode ir até o Correio levar a carta que eu deixei na mesinha da entrada.

Mister Grigsby esperou até ouvir a porta do apartamento se fechar, depois foi até o corredor e girou a chave da entrada.

Voltou até Bland, que estava de costas para a lareira, mãos enfiadas nos bolsos.

— Tem certeza de que ele tinha o 2? — perguntou Grigsby.

Bland fez que sim.

Grigsby mordeu o lábio, pensativo.

— Agora não vale mais a pena ficar pensando como foi que ele conseguiu o código. A questão é saber quem é que vai ser o próximo a conseguir.

Bland abriu uma caixa de charutos, mordeu a ponta de um e acendeu, antes de responder.

— Quais são as notícias do lado de cá? — perguntou. — Eu já tinha atravessado a fronteira quando descobriram a morte dele. Naturalmente, não sei de nada, a não ser o que o nosso homem de Amsterdã me contou.

— O código está em Londres — disse Grigsby, seco. — Assim que ele morreu as autoridades de Bruxelas mandaram um telegrama para Valparaíso. Estava endereçado a um homem chamado Van Hooch, provavelmente um substituto. Aqui está...

Tirou da carteira uma folha de papel e a colocou na mesa. A mensagem era breve e estava em espanhol:

Residência de Schiller em Londres.

— É bem misterioso — disse Bland. — Schiller não ia deixar o código por escrito, era esperto demais pra isso. Mas mesmo assim deve ter dado às autoridades alguma garantia de que o segredo não ia se perder com a sua morte. Devem ter combinado que ele ia contar a alguém escolhido, neste caso um homem na América do Sul, onde o código estava escondido. O local exato ele deve ter guardado entre os seus papéis particulares até a sua morte.

— É uma hipótese bem sólida — disse Grigsby. — Ele não disse mais nada...?

— Eu tive de matá-lo, claro — respondeu com um tom de pesar. — Foi uma coisa bestial, mas trinta homens dos bons estavam com a vida nas mãos dele. Provavelmente ele sabia a localização de todos.

— E o homem que vem depois dele deve saber também — disse o outro, sombrio. — Hoje à noite vamos começar uma busca bem científica na casa dele.

Mas o apartamento em Soho Square não rendeu nada.

Durante quase quinze dias, três dos melhores homens da Inteligência (inclusive Lecomte, do departamento francês) vasculharam e examinaram, rasgando móveis, arrancando o assoalho e desmontando armários.

E o resultado foi negativo.

— Posso jurar que está lá — disse Bland, desanimado.

— Estamos deixando passar alguma coisa. Onde está May Prince?

— No Departamento de Censura. Está trabalhando lá — explicou Grigsby.

— Peça para ela vir até aqui.

* * *

May entrou triunfante.

— Sabia que você ia mandar me chamar — disse ela. — Eu podia ter te evitado tanto trabalho!

Bland desmanchou-se em desculpas:

— Fui muito desatencioso com você, May. Sabe, desde que você me mandou aquele telegrama sobre Schiller, não nos vimos mais.

Ela concordou.

— Eu soube que Schiller... morreu, não é?

— Como soube?

Ela encolheu os ombros:

— A gente lê coisas lá na Censura. Cartas inocentes da Holanda, com mensagens escritas nas entrelinhas com ácido fórmico ou com leite e que só ficam visíveis se a gente usar a fórmula certa. Mister Schiller era um homem notável. E o pai dele foi um dos intelectuais mais importantes da Suíça, apesar de ser cego. O que é que você quer de mim agora?

Bland explicou rapidamente. A moça sabia do Código 2 e do segredo todo em torno dele, e compreendeu a urgência da situação.

— Por falar nisso, como é que você descobriu que ele era agente inimigo? — Bland perguntou.

— Descobri o código *dele* — ela respondeu, misteriosa.

Acompanhada pelos dois homens, foi até o apartamento em Soho Square. O assoalho tinha sido recolocado e os cômodos estavam de novo habitáveis. May passeou por todo o apartamento e voltou para a grande sala de jantar.

— É nesta sala que está o código — disse, decidida.

Era um apartamento alegre, com um papel de parede de um belo marrom. Um friso largo, de desenho simples, arrematava os lambris que tinham sido pintados de cor de chocolate para combinar com o papel de parede. Do teto, pendia um lustre e May olhou para ele.

— Já tiramos isso tudo — disse Bland — e os painéis também, mas não encontramos nada.

— Podem me deixar aqui sozinha uns minutos? — pediu a moça.

Os dois homens foram saindo, mas mal passaram a porta da sala e ela já estava ao lado deles, os olhos brilhando com a alegria da descoberta.

— Já sei! — ela riu. — Ah, eu sabia! Eu sabia!

— Onde está? — perguntou Bland, perplexo.

— Espere — disse ela, ansiosa. — Quando é que vocês estão esperando a visita do latino-americano?

— Amanhã. É claro que a sala vai estar sendo vigiada e ele não vai ter chance de procurar.

Os olhos dela ainda estavam dançando quando concordou:

— Veremos... amanhã. Acho que vocês vão receber um visitante muito franco, de Valparaíso, no Chile, e quando ele chegar quero que mandem me chamar.

— Mas como é que...

— Espere, espere, por favor. O que é que ele vai dizer? — Ela fechou os olhos e franziu a testa. — Posso revelar a vocês o nome dele: é Raymond Viztelli...

— Você sabia disso esse tempo todo? — Grigsby perguntou, surpreso, mas ela sacudiu a cabeça:

— Sabia quando entrei na sala, mas agora estou só chutando. Acho que ele vai se oferecer para ajudar vocês a descobrir o código. Vai dizer que existe um painel secreto na parede e que precisa de dias e dias para descobrir. E acho que vai pedir para vocês estarem presentes quando ele fizer a busca.

— Isso ele nem precisa pedir — disse Bland, mal-humorado. — Acho que você está muito misteriosa, May, mas tenho a sensação de que está certa.

Ela tinha de fazer algumas perguntas ao zelador do prédio antes de ir embora.

— Mister Schiller fez toda a decoração sozinho, não? Na sala de jantar?

— Fez, sim, dona — respondeu o homem. — Ele era danado de bom com o balde de cola e o pincel.

— E ele pagou o aluguel adiantado?

— Isso mesmo, dona.

— E mandou ninguém mexer em nada até ele voltar para o apartamento?

— Falou assim mesmo! — disse o zelador.

— Eu sabia — disse May.

Às dez horas, na manhã seguinte, trouxeram um cartão de visitas para Bland. Tinha escrito:

Señor J. Bertramo Silva
E, num canto, *de Valparaíso.*

Bland tocou uma campainha e, logo em seguida, entraram Grigsby e a moça.

— Ele chegou — Bland comunicou, seco, mostrando a ela o cartão.

O visitante entrou na sala. Era baixinho e agitado, com barba pontuda, e falava excelente inglês. Depois das conversas preliminares, foi direto ao cerne da questão.

— Vou ser muito franco com o senhor, Mister Bland.

Bland deu uma olhada rápida para a moça e percebeu o riso que brincava nos seus olhos.

— Durante algum tempo, fui agente dos Poderes Centrais — o homenzinho continuou. — Estou lhe contando isso porque quero que entenda claramente a minha posição. Eu estava a salvo na América do

Sul, e pensei que meus serviços nunca seriam solicitados. No entanto, algumas semanas atrás recebi um telegrama que foi interceptado pelas autoridades britânicas. Eu já sabia, evidentemente, que em certas circunstâncias poderia ser obrigado a vir à Inglaterra para procurar determinados documentos, e que o local onde estavam escondidos me seria comunicado por telegrama. O telegrama chegou, eu estou aqui!

Abriu os braços, dramático:

— Vim direto para cá ao chegar. Falando francamente, eu vim porque decidi, na noite em que cheguei a Plymouth, que esse jogo não valia a pena. Vou ajudar vocês, o máximo que eu puder, a descobrir os documentos, e depois, se me permitirem, volto para a América do Sul.

Bland estava muito admirado. O homem tinha dito quase tudo o que May previra que ele diria. Tornou a olhar para a moça e ela fez um sinal de cabeça.

— O senhor compreende que a sua busca... — Bland começou a dizer.

— Será feita sob os olhos da polícia? — interrompeu o homem de Valparaíso. — Eu preferia que sim.

— Acredito que gostaria de começar imediatamente? — Bland perguntou.

— Quanto mais cedo melhor — respondeu o outro, animado.

— Um momento.

Foi a moça quem falou.

— Tem boa memória, *señor*? — ela perguntou.

Por uma fração de segundo, o sorriso se apagou dos olhos do homem.

— Tenho excelente memória, madame — ele respondeu, seco.

Partiram todos juntos para o apartamento de Schiller e ali foram recebidos pelo policial de plantão.

— Já tem alguma hipótese? — Bland perguntou quando entraram no *hall*.

— Tenho — o outro respondeu depressa. — Acho que os documentos estão escondidos num nicho na parede, atrás de um painel secreto. Pode levar até uma semana para encontrar o painel. Esta casa é muito antiga e pode ter sido escolhida por Mister Schiller por causa de algum detalhe da construção.

Mais uma vez, Bland pensou depressa: a franqueza do homem, sua vontade de ajudar, a história de painéis secretos, tudo conforme a fantástica profecia da moça.

Ele viu o brilho alegre dos olhos dela, se divertindo com o deslumbramento do chefe. Virou-se então para o homenzinho.

— Pode começar — disse.

O *señor* Silva inclinou a cabeça:

— Vou examinar primeiro esta parede para ver se encontro o painel. Os meus dedos são, talvez, mais sensíveis que os seus...

A mão dele já estava estendida na direção do friso decorativo quando:

— Pare!

A ordem direta da moça fez o *señor* Silva se virar.

— Antes do senhor começar — ela disse —, quero perguntar se dá valor à sua vida.

O chileno encolheu os ombros e abriu os braços.

— Naturalmente, madame.

A moça voltou-se para Bland:

— Se esse homem descobrir o Código 2, o que é que acontece com ele?

— Com toda certeza vai morrer — Bland respondeu simplesmente.

Ela concordou.

— Pode continuar se quiser, mas está começando muito para a direita.

— Para a direita...! — ele gaguejou, o rosto ficando de um terrível tom cinzento.

— A mensagem para o senhor começa na porta, *señor* Viztelli — disse ela, calma. — O código só começa mesmo quando chegar à janela. Quer continuar?

Ele abanou a cabeça, sem palavras.

Bland chamou os seus homens e eles jogaram o chileno num táxi.

— E agora explique — disse Bland.

A moça foi até a parede perto da porta e tocou o friso decorativo com a mão.

— Sinta — disse.

Os dedos de Bland tocaram o papel de parede, incertos.

Ele sentiu pequenos pontos em relevo, deslizou a mão para a direita e sentiu outros mais. Então compreendeu a verdade.

— Braille! — sussurrou.

A moça concordou:

— O pai de Schiller era cego. E Schiller, evidentemente, estudou o alfabeto que os cegos usam para ler. Silva foi informado sobre a maneira como o código tinha sido escrito e aprendeu o mais depressa possível, para quando precisasse substituir Schiller.

Ela deslizou os dedos pelo friso.

— São sete linhas de texto, em torno da sala toda — ela disse. — Schiller colou o friso ele mesmo, um pedaço de cada vez, à medida que ia conseguindo fotografar o Código 2. A primeira linha começa assim: Para Raymond Viztelli. Mantenha as aparências de que vai ajudar a polícia, seja franco, como eu lhe disse. Assim começa o código: "Abraham" quer dizer "Novas armas preparadas...".

Bland pegou a mão dela:

— Se quer continuar uma moça bonita e bem viva para jantar comigo hoje à noite, não prossiga nessa investigação.

Tradução José Rubens Siqueira

Edgar Wallace nasceu em Londres em 1875 e morreu em 1932 em Hollywood, onde chegou a trabalhar como roteirista de filmes como *King Kong* (1933). Filho de um casal de atores foi adotado por um modesto negociante de peixes. Aos 18 anos entrou no Exército e foi servir na África do Sul, onde começou a escrever enviando reportagens para jornais ingleses.

Ao voltar para a Inglaterra, em 1905, publicou seu primeiro livro policial, *Os quatro homens justos*, com o qual fez muito sucesso e deu início a uma série de outros textos com os mesmos personagens. A partir daí, começou uma prodigiosa carreira para Wallace, que escreveu nada menos que 175 livros de ação e aventuras.

Suas histórias policiais transcorrem em geral na cidade de Londres, que o autor conhecia muito bem, e retratam com realismo a luta dos policiais e detetives contra o crime organizado.

CRÉDITOS DAS IMAGENS

p. 34 Hulton-Deutsch Collection / Corbis / Latinstock; **p. 45** Acervo Iconographia; **p. 69** SuperStock / Getty Images; **p. 104** Arquivo / Agência O *Globo*; **p. 118** Ana Ottoni / Folhapress; **p. 142** Sasha / Getty Images

Esta obra foi composta nas fontes Knockout, FFScalla Sans e
Electra, sobre papel Pólen Bold 90 g/m², para a Editora Ática.